刘心武 著

金陵
十二钗

Flowers Stories
About Twelve Beauties
of Chinling

花
语

长江出版传媒

长江少年儿童出版社

图书在版编目(CIP)数据

金陵十二钗花语 / 刘心武著. — 武汉 : 长江少年儿
童出版社, 2021.1
ISBN 978-7-5721-1223-2

Ⅰ.①金… Ⅱ.①刘… Ⅲ.①《红楼梦》人物 – 女性
– 人物研究 Ⅳ.①I207.411

中国版本图书馆CIP数据核字(2020)第259777号

金陵十二钗花语
JINLING SHIER CHAI HUAYU

出品人:何 龙		**出版发行**:长江少年儿童出版社(集团)有限公司
策划编辑:杨虚杰		**业务电话**:(027)87679199 (027)87679179
特约策划:焦金木		**网　址**:http://www.cjcpg.com
责任编辑:陈 莎		**承印厂**:武汉新鸿业印务有限公司
责任校对:莫大伟		**经　销**:新华书店湖北发行所
科学审校:刘华杰		**开　本**:32开
植物插图:严 岚		**印　张**:8
人物插图:秦京清		**字　数**:150千
装帧设计:王 贝　林海波		**版印次**:2021年1月第1版　2021年1月第1次印刷
排　版:危雨轩		**书　号**:ISBN 978-7-5721-1223-2
督　印:邱 刚		**定　价**:48.00元

本书如有印装质量问题,可向承印厂调换。

写在前面

这是一本有趣的书。

《红楼梦》，大家知道，是一部以女性角色为主的小说。作者所塑造的这些女性角色，从根源上说，都来自金陵地区。金陵在《红楼梦》里应该是一个宽泛的地理概念，从长江以北的扬州，到长江以南的南京、无锡、苏州，一直到杭州，都可称金陵，当然其核心部位是南京，南京本身又名金陵。作者以每十二位女性为一组，设置了"金陵十二钗"的册子，在第五回里，通过书中的贾宝玉这个贵族公子的眼睛，看到了《金陵十二钗正册》《金陵十二钗副册》《金陵十二钗又副册》，透露了十几个女子的信息，预言了她们的人生走向和最后归宿。

《红楼梦》的作者曹雪芹，通过贾宝玉这个形象，发出了这样的宣言："女儿是水作的骨肉，男人是泥作的骨肉。我见个女儿，我便清爽；见了男人，便觉浊臭逼人。"这在二百多年前那样的神权社会、皇权社会、男权社会里，真如黑暗中耀眼的闪电，标志着一种新人、新思想的出现。那个时代，那样的社会，青春女性未出嫁，未走出家门，还大体能保持住生命的本真，焕发出率真烂漫的人性闪光。书里的青春女性，就仿佛是春花开放。贾宝玉自称"绛洞花王"，就是自比为一个在红色的大山洞里欣赏、体贴群花的护花王子。书里把金陵十二钗比喻成不同的花，全书充溢着对这些花样生命、花样年华的无比赞赏与珍惜，对摧花风雨充满愤懑，把青春的消逝与花朵的谢落叠加在一起喟叹。这本书，就是把金陵十二钗分别以什么花为象征告诉你，揭示其深层含义，引领你体味作者的苦心，同时，把相关的花木知识普及给你。阅读这本书，既可加深对《红楼梦》的理解，还可获得不少花木方面的知识，确实既有趣，又有益。

愿这本书，陪伴你度过休闲时光，掩卷后，你也能找到一种花木，作为你自己的象征。

【说明：本书所引《红楼梦》原文，有的读者会发觉与所看到的120回《红楼梦》版本有差异，这是因为本书所依据的是译林出版社于2017年9月出版的第一版《周汝昌校订批点本石头记》，这80回文字是周汝昌先生用十几个古抄本逐字逐句比对，然后选出最符合曹雪芹原笔原意的字句，连缀而成的。】

庚子年春节

目录

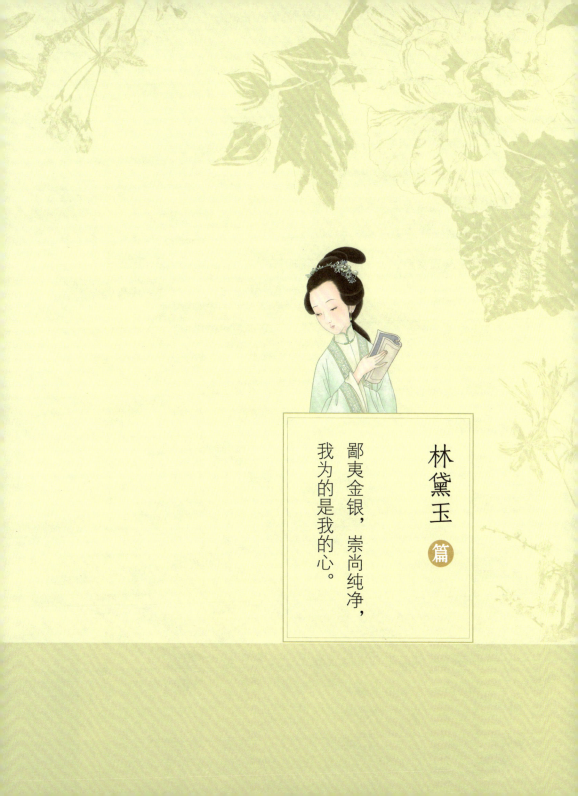

林黛玉 篇

鄙夷金银，崇尚纯净，
我为的是我的心。

象征林黛玉的花：芙蓉花

　　《红楼梦》第六十三回上半回是"寿怡红群芳开夜宴"。书里没有明写贾宝玉的生日究竟是哪天，但通过前面一些描写可以推知，应该是四月二十六日。其实这年这天的白天，府里的众人已经为贾宝玉摆宴庆过生了，但怡红院的众丫头们，自发地凑份子，还要举办一场给贾宝玉庆生的夜宴。光是吃喝意思不大，于是大家决定挑个一起玩耍的方式，怡红院排第三位的大丫头麝月建议："拿骰子，咱们抢红罢。"被宝玉否决："没趣，不好，咱们占花名儿好。"怡红院排第二位的大丫头晴雯笑道："正是，早已想弄这个顽意儿。"为了更加热闹，丫头们又去请来了林黛玉、薛宝钗、贾探春等人。书里写"晴雯去拿了一个竹雕的签筒来，里面装着象牙花名签子，摇了一摇，放在当中，又取过骰子来，盛在盒内，摇了一摇，揭开一看……"这游戏的规则是：根据骰子上呈现的点数，从掷骰子的人那里往下数，数到谁，谁就从签筒里抽花签，那花签上刻着花的形态、花名、一句相关的词语和一句相关的诗句，还有小字注明席上

荷花

诸人应该做什么，而花签上的花，就成为这个女子的象征，签上的词语和诗句，就预示着这个女子的命运轨迹乃至归宿。

黛玉之前，已有宝钗、探春、李纨、湘云、麝月、香菱抽过花签。轮到黛玉了：

> 黛玉默默想道："不知还有什么好的，被我掣着方好。"一面伸手取了一枝，只见上面画着一枝芙蓉，题着"风露清愁"四字。那面一句旧诗，道是：莫怨东风当自嗟。注云：自饮一杯。牡丹陪饮一杯。
>
> 众人笑说："这个好极，除了他别人不配作芙蓉。"
>
> 黛玉也自笑了。

书里把林黛玉比喻为芙蓉花，有的人一听就觉得是荷花，因为荷花有"水芙蓉"的别名。其实在植物学中，芙蓉通常是指地生的木芙蓉，是一种生长在岸上的灌木或小乔木，它开出的花才是正牌的芙蓉花。那么，象征黛玉的芙蓉究竟是什么植物呢？

林黛玉的父亲，据书里交代："姓林名海，字表如海，乃是前科的探花，今已升至兰台寺大人，本贯姑苏人氏，今钦点出为巡盐御史，到任方一月有余。原来这林如海之祖，曾袭过列侯，今到如海，业经五世。起初时，只封袭三世。因当今隆恩盛德，远迈前代，额外加恩，至如海之父，又袭了一代。至如海，便从科第出身。虽系钟鼎之家，却亦是书香之族。"林

荷花

莲的别称，学名 *Nelumbo nucifera*，又名水芙蓉，莲科莲属二种植物的通称，多年生水生草本。花大多单生，有红、粉红、白、紫等色，或有彩纹、镶边。叶盾圆形。坚果椭圆形，即莲蓬。地下茎长而肥厚，即莲藕。值得注意的是，虽然荷花又名莲花，但不可将其与水域中的睡莲（学名 *Nymphaea tetragona*）混同。

003

黛玉的母亲贾敏去世后，父亲托家庭教师贾雨村把她送往京城荣国府，投靠外祖母。外祖母就是书中的贾母，是个文化修养很高的贵族妇女，林黛玉跟她住在了一起。有了大观园以后，林黛玉住进了凤尾森森、龙吟细细的潇湘馆，过着诗情画意的生活。

荷花当然美丽，但是荷花被人称道的品格是出淤泥而不染，从出身来看，用荷花比喻林黛玉似乎并不合适。

花签上所引的那句古诗，出自宋代欧阳修的《和王介甫明妃曲二首》中的第二首，全诗如下：

> 汉宫有佳人，天子初未识，
>
> 一朝随汉使，远嫁单于国。
>
> 绝色天下无，一失难再得，
>
> 虽能杀画工，于事竟何益？
>
> 耳目所及尚如此，万里安能制夷狄！
>
> 汉计诚已拙，女色难自夸。
>
> 明妃去时泪，洒向枝上花。
>
> 狂风日暮起，飘泊落谁家。
>
> 红颜胜人多薄命，莫怨东风当自嗟。

诗里的明妃，指西汉时汉元帝从宫中送往单于国（匈奴）和番的王昭君。诗的最后两句感叹美女大多不幸，东风比喻无法抗拒的力量。不能掌握自己命运的女性，只能是自我哀叹。《红楼梦》里的林黛玉，也正是这样的

学名 *Hibiscus mutabilis*，又名芙蓉花、地芙蓉、酒醉芙蓉等，锦葵科落叶灌木或小乔木。叶宽卵形至圆卵形或心形。花瓣近圆形，花大色丽，无论根植于何处都能凸显风姿。光照强度的变化会导致芙蓉花中花青素浓度发生变化，花瓣便会呈现出不同的颜色，早晨为白色和浅红色，中午和下午变为深红色，因此，木芙蓉又名三醉芙蓉。花期8—10月。

木芙蓉

一个女性，虽然她试图维护自己的个性，追求自由恋爱，但到头来是一个悲剧的结局，她的命运，正与西汉的王昭君遥相呼应。在第六十四回里，林黛玉以五位古代女子为题写下《五美吟》，其中第三首吟的就是汉明妃：

绝艳惊人出汉宫，红颜薄命古今同。

君王纵使轻颜色，予夺权何畀画工？

据说当年汉元帝让宫廷画家毛延寿为宫中女子画像，王昭君因为没有贿赂毛延寿，毛延寿就故意把她画得相貌平平。汉元帝舍不得把宫中美女送给匈奴首领，就下旨让王昭君去和番，临别前一见，才知王昭君乃绝代佳人，但悔之已晚。林黛玉此诗主要表达女性不能掌握自己命运的愤懑：就算你君王不在乎美貌，那你也不必把决定女子命运的权力交给一个画师呀！

花签上"风露清愁"四个字，点明林黛玉从扬州投靠到京城荣国府，虽然物质生活还不错，但毕竟是寄人篱下。而她那特立独行的性格，被那个时代那个社会的主流意识形态所排斥，因此大有"风刀霜剑严相逼"的生存压力，令她愁闷。但她在这种生存环境里，又总保持着自身的清洁，特别是精神上不受封建礼教的玷污。就好比木芙蓉所开的芙蓉花，总是被寒冷的露水侵袭，依然能抵御霜寒，傲然开放。木芙蓉所开的芙蓉花似乎更合适作为清高优雅的林黛玉的象征。

木芙蓉

象征林黛玉的是木芙蓉，并非水芙蓉

《红楼梦》第七十八回后半回是"痴公子杜撰芙蓉诔"。书里写荣国府的女府主王夫人，借一个绣春囊事件，抄检大观园，结果把怡红院的晴雯给撵了出去，晴雯最后死在府里下人住处——她的姑舅哥嫂家的冷炕上。宝玉冒了极大风险去看望她，二人生离死别。后来宝玉在大观园里漫步，趁大丫头们不在身边，向两个小丫头询问晴雯惨死的情况。书里是这样写的：

小丫头道："……见我去了，便睁开眼，拉我的手问，宝玉那去了？我告诉他实情，他叹了一口气说，不能见了。我就说，姐姐何不等一等他回来见一面，岂不两完心愿？他就笑道，'你们还不知道，我不是死，如今天上少了一位花神，玉皇敕命我去司主。我如今在未正二刻到任司花，那宝玉须待未正三刻才到家，只少得一刻的工夫，不能见面。世上凡该死之人，阎王勾取了过去，是差些小鬼来捉人魂。若要迟延一时半刻，不过烧些纸钱，浇些浆饭，那鬼只顾抢钱去了，该死的人可就多待些工夫。我这如今是有天上的神仙来召，岂可挨得时刻？'我听了这话，竟不大信，及进来到房里，留神看时辰表时，果然是未时正二刻，他咽了气。正三刻上就有人来叫我们，说你来了。这时候到都对合。"宝玉忙道："你不识字看书，所以不知道，这原是有的。不但花有一个神，一样花有一位神之外，还有总花神。但他不知还是作总花神去了，还是单管一样花的神？"这丫头听了，一时诌不出来。恰好这是八月时节，园中池上芙蓉正开。这丫头便见景生情，忙答道："我也曾问他是管什么花的神，告诉我们，日后也好供养的。他说：'天机不可泄漏。你既这样虔诚，我只告诉你，你只可告诉宝玉一人。除他之外，若泄了天机，五雷就来轰顶的。'他就告诉我说，他就是专管这芙蓉花的。"宝玉听了这话不但不为怪，亦且去悲而生喜，乃指芙蓉花笑道："此花也须得此人去司掌。我就料定他那样人必有一番事业作的。"虽然超出苦海，从此不能相见，也免不得伤感思念。

书里这段文字，写那第二个回宝玉话的小丫头善于揣摩宝玉的心思，就胡诌了一篇话，说晴雯是被玉皇大帝委任为花神了。之所以写明是丫头胡诌，是因为作者笔下的晴雯之死是一个彻底的大悲剧。晴雯是被奴隶主王夫人摧残致死的女奴，不能让读者真的以为她成为花神了，误会晴雯到头来是个喜剧性的结局。这段文字里，有几个关键字眼值得注意。"恰好八月时节"开花，可见不是荷花，按阴历算，八月荷花都谢落凋零了；"园中池上芙蓉正开"说的是"池上"而不是"池内"，"池上"也就是"岸上"，可见小丫头见景生情，所见的正是阴历八月盛开的木芙蓉。这是我们读《红楼梦》时必须看明白的。

宝玉其实是不信鬼神的，还曾当众讥讽过王夫人的迷信，他并不是信服小丫头的胡诌，而是真心为晴雯的夭折惋惜痛心，于是他觉得无妨就依小丫头所言，且把晴雯当作芙蓉花神，祭奠一番，以抒胸臆。于是，他"竟杜撰成一篇长文，用晴雯素日所喜之冰鲛縠一幅，楷字写成，名曰《芙蓉女儿诔》，前序后歌。又备了四样晴雯所喜之物。于是夜月下，命那小丫头捧至芙蓉花前，先行礼毕，将那诔文即挂于芙蓉枝上，乃泣涕念曰……"

这篇诔文是中国古典文学诸般形式的集大成之作，其中涵括古语、骈文、骚体（屈原写《离骚》开创的文体）、诗词歌赋等涉及的修辞方法，非常精彩，值得全文引用。本书就不一一注解了，读者可参考有的《红楼梦》版本中所附的注释。其实即使不把每个字音读准，不将每句精准理解，作为一般的《红楼梦》读者，囫囵地阅读过去，也会获得一定的审美感受与心灵滋润。这篇《芙蓉女儿诔》全文如下：

维太平不易之元，蓉桂竞芳之月，无可奈何之日，怡红院浊玉，谨以群花之蕊，冰鲛之縠，沁芳之泉，枫露之茗，四者虽微，聊以达诚申信，乃致祭于白帝宫中抚司秋艳芙蓉女儿之前曰：窃思女儿自临浊世，迄今凡十有六载。其先之乡籍姓氏，湮沦而莫能考者久矣。而玉得于衾枕栉沐之间，栖息宴游之夕，亲昵狎亵，相与共处者，仅五年八月有奇。女儿曩生之昔，其为质则金玉不足喻其贵，其为性则冰雪不足喻其洁，其为神则星日不足喻其精，其为貌则花月不足喻其色。姊娣悉慕媖娴，妪媪咸仰惠德，孰料鸠鸩恶其高，鹰鸷翻遭罦罭。薋葹妒其臭，茝兰竟被芟鉏。花原自怯，岂奈狂飈。柳本多愁，何禁骤雨。偶遭蛊虿之谗，遂抱膏肓之疚。故尔樱唇红褪，韵吐呻吟。杏脸香枯，色陈顑颔。诼谣謑诟，出自屏帏。荆棘蓬榛，蔓延户牖。岂招尤则替，实攘诟而终。既怫郁于不尽，复含屈于无穷。高标见嫉，闺帏恨比长沙。直烈遭危，巾帼惨于羽野。自蓄辛酸，谁怜夭折？仙云既散，芳趾难寻。洲迷聚窟，何来却死之香？海失灵槎，不获回生之药。眉黛烟青，昨犹我画。指环玉冷，今倩谁温？舁炉之剩药犹存，襟泪之馀痕尚渍。镜分鸾别，愁开麝月之奁。梳化龙飞，哀折檀云之齿。委金钿于草莽，拾翠匐于尘埃。楼空鳷鹊，徒悬七夕之针。带断鸳鸯，谁续五丝之缕？况乃金天属节，白帝司时。孤衾有梦，空室无人。桐阶月暗，芳魂与倩影同销。蓉帐香残，娇喘共细言皆绝。连天衰草，岂独蒹葭。匝地悲声，无非蟋蟀。露苔晚砌，穿帘不度寒砧。雨荔秋垣，隔院希闻怨笛。芳名未泯，檐前鹦鹉犹呼。艳质将亡，槛外海棠预老。捉迷屏后，莲瓣无声。斗草庭前，兰芽枉待。抛残绣线，银笺彩缕谁裁。褶断冰丝，金斗御香未熨。昨承严命，既驱车而远涉芳园。今犯慈威，复泣杖而忍抛孤柩。及闻棹棺被燹，惭违共穴之盟；石椁成灰，愧迨同灰之诮。尔乃西风古寺，淹滞青燐。落日荒丘，零星白骨。楸榆飒飒，蓬艾萧萧。隔雾圹以啼猿，绕烟塍而泣鬼。自为红绡帐里，公子情深；始信黄土陇中，女儿命薄。汝南泪血，斑斑洒向西风。梓泽馀衷，默默诉凭冷月。呜呼！固鬼蜮之为灾，岂神灵而亦妒？箝诐奴之口，罚岂从宽？剖悍妇之心，忿犹未释。在君之尘缘虽浅，然玉之鄙意岂终。因蓄此惓惓之思，不禁谆谆之问。始知上帝垂旌，花宫待诏，生侪兰蕙，死辖芙蓉。听小婢之言，似涉无稽。据浊玉之思，则深为有据。何也？昔叶法善摄魂以撰碑，李长吉被诏而为记。事虽殊，其理则一也。故相物以配才，苟非其人，恶乃滥乎其位，始信上帝委托权衡，可谓至洽至协，庶不负所秉赋也。因希其不昧之灵，或陟降于花。特不揣鄙俗之词，有污慧听。乃歌而招之曰：

天何如是之苍苍兮，乘玉虬以游乎穹窿耶？地何如是之茫茫兮，驾瑶象以降乎泉壤耶？望伞盖之陆离兮，抑箕尾之光耶？列羽葆而为前导兮，卫危虚于傍耶？驱丰隆以为比从兮，望舒月以临耶？听车轨而伊轧兮，御鸾鹥以征耶？闻馥郁而薆然兮，纫蘅杜以为纕耶？眩裙裾之烁烁兮，镂明月以为珰耶？籍葳蕤而成坛畤兮，棻莲焰以烛银膏耶？文瓟匏为觯斝兮，漉醽醁以浮桂醑耶？瞻云气而凝眄兮，仿佛有所觇耶？俯窈窈而属耳兮，恍惚有所闻耶？期汗漫而无夭阏兮，忍捐弃余于尘埃耶？倩风廉之为余驱车兮，冀联辔而携归耶？余中心为之慨然兮，徒嗷嗷而何为耶？君偃然而长寝兮，岂天运之变于斯耶？既窀穸且安稳兮，反其真而复奚化耶？余犹桎梏而悬附兮，灵格余以嗟来耶？来兮止兮，君其来耶！

若夫鸿濛而居，寂静以处，虽临于兹，余亦莫睹。搴烟萝而为步障，列苍蒲而森行伍。警柳眼之贪眠，释莲心之味苦。素女约于桂岩，宓妃迎于兰渚。弄玉吹笙，寒簧击敔。征嵩岳之妃，启骊山之姥。龟呈洛浦之灵，兽作咸池之舞。潜赤水兮龙吟，集珠林兮凤翥。爰格爰诚，匪簠匪筥。发轫乎霞城，返旌乎玄圃。既显微而若通，复氤氲而倏阻。离合兮烟云，空蒙兮雾雨，尘霾敛兮星高，溪山丽兮月午。何心意之忡忡，若寤寐之栩栩？余乃欷歔怅望，泣涕彷徨。人语兮寂历，天籁兮篔筜。鸟惊散而飞，鱼唼喋以乡。志哀兮是祷，成礼兮期祥。呜呼哀哉。尚飨。

第七十八回末尾写：

> （宝玉）读毕遂焚帛奠茗，犹依依不舍。小丫鬟催至再四方才回身，忽听山石之后有一人笑道："且请留步。"二人听了不免一惊。那小丫鬟回头一看，却是个人影从芙蓉花中走出来，他便大叫："不好，有鬼，晴雯真来显魂了！"唬得宝玉也忙看时，且听下回分解。

第七十九回开头接着写：

> 话说宝玉才祭完了晴雯，只听花影中有人声，到唬了一跳，走出来细看不是别人，却是林黛玉满面含笑，口内说道："好新奇的祭文，可与《曹娥碑》并传的了。"宝玉不觉红了脸，笑道："我想着世上这些祭文都过于熟滥了，所以改个新样，原不过是我一时顽意，谁知又被你听见了，有什么大使不得的，何不改削改削。"

此处描写值得注意，"却是个人影从芙蓉花中走出来"，这与前面所写"宝玉命那小丫头捧至芙蓉花前，先行礼毕，将那诔文即挂于芙蓉枝上，乃泣涕念曰"是契合的，都说明那芙蓉花是地栽木芙蓉，倘若是水芙蓉，即荷花，请问如何将写了那么长一篇字的冰鲛縠挂到荷花梗上？黛玉偷听诔文时不可能是站在池水中，并从荷花丛中走出来。很显然，大观园那处水域的岸上，生长着一片木芙蓉，林黛玉正是从那片木芙蓉丛中走出来的。我在《刘心武揭秘〈红楼梦〉》的专著里及同名讲座中，也曾把荷花作为林黛玉的象征，把小丫头看到的芙蓉理解为荷花，把林黛玉从中走出的花丛理解为荷花丛。现在进入到关于《红楼梦》中金陵十二钗的花语细考，从植物学角度再加以文本细读，就纠正了以前的误解，愿和其他以为《红楼梦》中这个场景与荷花有关的读者，一起消除误会。

附带说一下，书里第四十回写到林黛玉对荷叶的审美态度，当时他们正在大观园水域的船上：

> 宝玉道："这些破荷叶可恨，怎么还不叫人来拔去？"宝钗笑道："今年这几日，何曾饶了这园子闲了，天天逛，那里还有叫人来收拾的工夫。"林黛玉道："我最不喜欢李义山的诗，只喜他这一句，留得残荷听雨声。（李义山诗，"残"原作"枯"）偏你们又不留残荷了。"宝玉道："果然好句，已后咱们别叫人拔去了。"

可见林黛玉对荷花并无所谓，她宁愿欣赏残破的荷叶。这更说明，书里象征林黛玉的花，是地栽木芙蓉在秋天开出的清雅脱俗的芙蓉花。

林黛玉与柳花关系密切

《红楼梦》第五回，贾宝玉神游太虚幻境，进入幻境的一所宫殿薄命司，从那里面的橱柜取出《金陵十二钗》册页翻看，其中《金陵十二钗正册》中第一页上是这样的："画着四株枯木，木上悬着一围玉带。又有一堆雪，雪下一股金钗。也有四句言词道：可叹停机德，堪怜咏絮才。玉带林中挂，金簪雪里埋。"这种言词叫作判词，就是判定所指的那个人物的命运走向和最终结局。

在《红楼梦》的文本里，作者多次把林黛玉和薛宝钗这两个人物并列。《金陵十二钗正册》里有十一幅画和十一条判词，为什么明明是十二钗，却只有十一幅画、十一条判词？就是因为作者特意将黛、钗合一并列。后来太虚幻境的警幻仙姑安排贾宝玉听仙女们演唱《红楼梦》十二支曲，也是把黛、钗放在一起来吟唱。到第六十三回的"寿怡红群芳开夜宴"，林黛玉抽出刻有芙蓉花的花签，花签上小字注明："自饮一杯。牡丹陪饮一杯。"也是刻意强调黛、钗平起平坐。

《金陵十二钗正册》第一页上的图画和判词，都在预告黛、钗二人虽然优点明显，但都是悲剧性的结局。

薛宝钗有"停机之德"。何谓"停机之德"？古代有个妻子，劝丈夫乐羊子出外去求取功名，乐羊子中途思家返回，那妻子认为丈夫没有出息，是把织布机停住，而且把织好的布匹截断，乐羊子就悔悟，继续去求取功名，这就叫"停机之德"，是封建社会特别肯定的一种"妇德"。薛宝钗就是一个具有这种正统封建美德的女子，但是结局又怎么样呢？她"金簪雪里埋"，凄冷地死去。

林黛玉呢？她也极具才能。她吟柳絮的《唐多令》，即使混在宋词里，在艺术上也毫不逊色，所体现的个性解放思想非常超前，但这样一位

垂柳

学名 *Salix babylonica*，杨柳科柳属乔木，树冠开展而疏散。枝细，下垂。叶披针形至线状披针形，边缘呈细锯齿状。春季开花与发芽同时进行，或先花后叶。雌雄异株，柔荑花序。果期4～5月，蒴果长3～4毫米，绿褐色，成熟后2裂。种子有绵毛，名柳絮或柳绵，春暮随风飘飞。

才女，最后却"玉带林中挂"，也是一个悲剧性的结局。

书中第七十回，林黛玉重新启动了停滞的诗社，当时已入暮春，史湘云先以柳絮为题填了一阕《如梦令》，引得诗社众人纷纷也以柳絮为题填词。古今吟咏，常常将柳絮视为柳花，似乎两者并无区别。比如，李白有诗："风吹柳花满店香，吴姬压酒唤客尝。"（《金陵酒肆留别》）描绘的就是春风吹起柳絮的情形。其实，早在宋代，杨伯岩就指出了两者的区别："柳花与柳絮迥然不同。生于叶间成穗作鹅黄色者，花也；花既褪，就蒂结实，其实之熟乱飞如绵者，絮也。"所以，柳絮实际上是杨柳科植物（比如垂柳）种子上的绵毛，并非柳花。也许，正是"以絮为花、以花为絮"的错误认识，才引起古今众人的许多诗情。林黛玉所填《唐多令》是这样的：

> 粉堕百花洲，香残燕子楼。一团团逐队成毬。飘泊亦
> 如人命薄，空缱绻，说风流！ 草木也知愁，韶华竟白头。
> 叹今生谁拾谁收。嫁与东风春不管，凭尔去，忍淹留！

书里说，众人看了，俱点头感叹："太作悲了，好是固然好的。"然后薛宝钗填了一阕《临江仙》：

> 白玉堂前春解舞，东风卷得均匀。蜂团蝶阵乱纷纷，
> 几曾随逝水，岂必委芳尘？ 万缕千丝终不改，任他随聚
> 随分。韶华休笑本无根，好风频借力，送我上青云！

薛宝钗的翻案词句一出，众人拍案叫绝，都说："果然翻得好气力，自然是这首为尊。"然而就《红楼梦》整体而言，林黛玉的诗词才是书中本真神韵，体现出悲剧的本质，书中众人难有能深入体会者，惟独贾宝玉首首句句共鸣，这是我们阅读《红楼梦》时应该注意的。鲁迅先生曾这样评价《红楼梦》前八十回文字："悲凉之雾，遍被华林，然呼吸而领会之者，惟宝玉而已。"

那么，"四株枯木，木上悬着一围玉带"，判词里又说"玉带林中挂"，这是不是意味着林黛玉最后是在枯树上吊死了呢？

历来的《红楼梦》读者里，不乏作此想者。其实不然。"四株枯木"其实是在坐实一个"林"字。"玉带林中挂"倒读是"卦中林黛玉"，谜底也并不是人在树上自悬。

作者会如何安排林黛玉的结局？"木上悬着一围玉带"又作何解呢？

红学界曾普遍认为，曹雪芹的《红楼梦》在完成之后，由于种种原因，除前八十回大体保存下来以外，后面的内容全部迷失。而我们现在所看到的一百二十回通行本中的后四十回，是在曹雪芹去世近三十年以后，由书商程伟元操持，高鹗续写的。当然，现在又有一种说法，续后四十回的不知何人，只好称为无名氏，而高鹗只能算一位续书整理者。这种说法不为我取。高鹗续后四十回是有文献资料可考的，这里不枝蔓。

垂柳

高鹗对林黛玉的最终死亡做了如下安排：贾家败落之后，为了给处于疯癫状态的贾宝玉冲喜，贾母弃林黛玉不顾，采用王熙凤的调包计，安排贾宝玉与薛宝钗成婚。林黛玉眼睁睁看着自己心爱的人迎娶了薛宝钗，于是"焚稿断痴情"，悲愤而死。

关于林黛玉的这样一个结局，由于通行本的广泛流传而深入人心。我个人认为，尽管焚稿断痴情堪称高鹗续书中最成功的部分，但并不符合曹雪芹的原笔原意。前辈红学家周汝昌先生，曾著文详考在曹雪芹写成的八十回后文字里，林黛玉最后是在大观园中沉湖遁形回归天界。我在周先生的指导下，对林黛玉的这个结局进行了研究。

小说里面对宝玉和黛玉的身份是有特殊设定的。宝玉和黛玉原来都在天界，宝玉是天界赤瑕宫的神瑛侍者，黛玉是天上的一棵绛珠仙草，后来修炼成了一个女身。宝玉下凡以后，黛玉也跟着下凡。更准确地表述是，神瑛侍者下凡以后，修成女身的绛珠仙草也随即下凡。书里面说得很清楚，天上的绛珠仙草下凡有一个很明确的目的：在天界时，赤瑕宫里面的神瑛侍者每天都出来给它灌溉甘露，才使得它能够健康地生长，后来修成了一个女体（可以叫作绛珠仙子），所以，她下凡以后，成为林黛玉，就要把一生的眼泪还给神瑛侍者。因为这个神瑛侍者下凡以后是贾宝玉，林黛玉的眼泪就是还给贾宝玉的。这是作者在第一回里就跟读者交代了的带有神话色彩的人物关系，是非常美丽的一个描述。

但是，从天上下凡到人间的这二位，本身并不知道自己是从天界下凡的，只有做梦时才可能会隐隐约约地恢复在天界的感觉。总之，在人间，他们就像其他的凡人一样生活。

林黛玉每次和贾宝玉闹别扭都要流泪，根据第一回的假设，这都是在还灌溉之恩。书里面有没有写到林黛玉的眼泪还得差不多了呀？有的，在第四十九回。那个时候，林黛玉和薛宝钗之间的猜忌已经消除了，林黛玉对贾宝玉也放心了。在这种情况下，贾宝玉也表达了他对林黛玉和薛宝钗和好的不解，在林黛玉回答之后他也表示了理解。这个时候，黛玉就说了："近来我只觉心酸，眼泪却像比旧年少了些的，心里只管酸痛，眼泪却不多。"作为人间的一个女性存在，她本来爱哭，老有那么多的眼泪，现在她自己就意识到她的眼泪少了；但她没有意识到的是，她是天上的一个绛珠仙子，正在人间还泪。可是，读者读到这儿心里就明白，她的总泪量应该基本等于在天上时神瑛侍者灌溉她的那个水的总量。眼泪不断减少，最后就接近于零，实际上也就预示了林黛玉的还泪之旅是有终点的。

宝玉也是仙人下凡，但他也不清楚自己的真实身份，他所有的思维都是人间化的。听了黛玉这句话以后，宝玉怎么说啊？宝玉说："这是你哭惯了，心里疑的，岂有眼泪会少的？"他就不知道他们之间还有一种特殊关系，人家的眼泪就是会递减——把当年那个灌溉量偿还得差不多了之后，人家就没泪了。

在《红楼梦》中，曹雪芹对男一号贾宝玉与女一号林黛玉的前世今生的设计确实极为精妙，让这两个人物那跌宕起伏的悲剧故事充满了神秘色彩。而对有着仙界身份的林黛玉，如何安排她的最终结局，一定会是曹雪芹精心设计的内容。

在《红楼梦》前八十回中，最能够体现林黛玉生活状态与精神气质的黛玉葬花，就是一个我们可以深入分析曹雪芹创作意图的最好文本。那么，黛玉葬花，这个《红楼梦》里面最美丽的画面之一，究竟体现了林黛玉怎样的生命特点？而这与她最终的死亡又有什么关系呢？

书里面描写的林黛玉，有一个突出的特点，就是诗意生存——她的生活是诗化的，是充分地艺术化的，黛玉葬花就是一次完整的行为艺术。

"行为艺术"这个概念，是近一百年才出现，乃至于近五十年才在西方热闹起来的，但是我们的老祖宗曹雪芹在二百多年前就在他的小说里面写了林黛玉的行为艺术。

首先，她有道具。什么道具呀？有花锄。因为葬花要刨坑，所以要有花锄。林黛玉是一个弱不禁风的人，她扛的会是什么样的花锄？这个花锄如果不是一个艺术化的花锄，而是一个市卖的花锄，甭说扛了，她举都举不起来。这就说明她为自己制作了一个能够扛在肩上的花锄，这个花锄，可能锄杆是细竹的，终端镶一个薄薄的金属片，而且这个花锄上还挂着一个花囊，这个花囊显然是精心地缝制和刺绣的。这还不算完，另一只手还要拿一个花帚，因为需要把花瓣扫在一起。这个花帚，想想看，能是傻大姐用的那个大笤帚吗？肯定不是。它肯定是非常精致的，它的帚杆可能是细竹竿做的，帚头可能是用一些鸟禽的羽毛扎制的，它的功能和花锄一样，只具有象征意味，它们是完全艺术化的。服装更不消说了，她在那天肯定是精心设计了自己的服饰。

其次，她葬花有路线。她早已在大观园里事先踏勘好了，从她的潇湘馆出来，沿着什么地方走，比如过了沁芳闸再怎么样，最后到达一个角落——花冢。她有终点，有特定的路线。

最后，在这整个过程当中，她吟唱自己事先准备好的葬花词，这是个有声的行为艺术。红学大家周汝昌先生根据十三个古抄本逐句比对，最后选出最符合曹雪芹原笔的文句构成了汇校本中的《葬花吟》，现奉献给读者，其中有的字句不同于通行本，可作为阅读欣赏的参考：

> 花谢花飞花满天，红消香断有谁怜？
>
> 游丝软系飘春榭，落絮轻沾扑绣帘。
>
> 帘中女儿惜春莫，愁绪满怀无处诉。
>
> 手把花锄出绣帘，忍踏落花来复去？
>
> 柳丝榆荚自芳菲，不管桃飘与柳飞。
>
> 桃李明年能再发，明岁闺中知有谁？
>
> 三月香巢已垒成，梁间燕子太无情！

明年花发虽可啄，却不道人去梁空巢也倾。

一年三百六十日，风刀霜剑严相逼。

明媚鲜妍能几时？一朝漂泊难寻觅。

花开易见落难寻，阶前闷杀葬花人。

独把香锄泪暗洒，洒上花枝见血痕。

杜鹃无语正黄昏，荷锄归去掩重门。

青灯照壁人初睡，冷雨敲窗被未温。

怪奴底事倍伤神？半为怜春半恼春。

怜春忽至恼忽去，至又无言去不闻。

昨宵庭外悲歌发，知是花魂与鸟魂。

花魂鸟魂总难留，鸟自无言花自羞。

愿奴胁下生双翼，随花飞落天尽头。

天尽头，何处有香丘？

未若锦囊收艳骨，一抔冷土掩风流。

质本洁来还洁去，强于污淖陷渠沟。

尔今死去奴收葬，未卜奴身何日亡？

奴今葬花人笑痴，他年葬奴知是谁？

试看春残花渐落，便是红颜老死时！

一朝春尽红颜老，花落人亡两不知。

《葬花吟》既是林黛玉最重要的诗作，也是概括整部《红楼梦》中的青春女性悲剧的总悼歌。林黛玉还有一首诗，可作为《葬花吟》的续篇，那就是第四十五回写到的《秋窗风雨夕》：

秋花惨淡秋草黄，耿耿秋灯秋夜长。

已觉秋窗秋不尽，那堪风雨助秋凉！

助秋风雨来何速？惊破秋窗秋梦绿。

抱得秋情不忍眠，自向秋屏移泪烛。

泪烛摇摇爇短檠，牵愁照恨动离情。

谁家秋院无风入？何处秋窗无雨声？

罗衾不奈秋风力，残漏声催秋雨急。

连宵霖霖复飕飕，灯前似伴离人泣。

寒烟小院转萧条，疏竹虚窗时滴沥。

不知风雨几时休，已教泪洒窗纱湿。

从春花谢落到秋华惨淡，那个时代那个社会里的青春女性，总难逭逃于悲剧的命运。第四十回里有这样一笔："说着已到了花溆的萝港之下，觉得阴森透骨，两滩上衰草残菱，更助秋情。""阴森透骨"和"衰草残菱"正是象征那个时代那个社会的青春女性最后就是那样的不幸结局。

曹雪芹在那个时代能想象出这样一个场景，塑造这样一个人物，让林黛玉有这样一个完整的艺术化的行为，很了不起。

还有一次，写林黛玉离开潇湘馆，那个时候她还跟宝玉生着气呢，她一边走，一边嘱咐紫鹃，说："把屋子收拾了，下一扇纱屉子，看那大燕子回来，把帘子卷起来，拿狮子倚住，烧了香，就把炉罩上。"现在咱们讲人与自然和谐相处，林黛玉老早就与自然和谐了，她的屋子是允许燕子来做窝的。"把屋子收拾了，下一扇纱屉子"，什么意思呀？大燕子飞出去给它的小燕子觅食，就要飞回来喂食，要让大燕子觉得方便，所以潇湘馆那个纱窗里面会有一个灰空间，灰空间里面会有燕子窝，大燕子是可以飞来飞去的。什么叫"拿狮子倚住"？狮子是一个工艺品，可能是玉石雕的或金属铸造的，用来镇住帘子的底边，让帘子在空气流动时不至于紊乱。然后，她还要享受鼻息的快感，要烧香。这个香是增加室内芳香程度的一种高级香料，不能让它很猛烈地散发出来，因此，把香放入香炉后，要用一个带花漏的炉盖把炉罩上。林黛玉非常精致地安排自己的生活，对她而言，这样生存，已经不是物质上的享受，而是一种诗化的生活态度。

还有一回，她命令丫头把鹦鹉站的那个架子摘下来。她养鹦鹉，不是笼养，是架养。她让丫头把架子摘下来以后，另挂在月洞窗外的钩子上。潇湘馆有月洞窗，窗子的形状是非常生动活泼的，不都是一个模式。然后，她就坐在屋内，隔着这个纱窗挑逗鹦鹉做戏，还教鹦鹉念诗。

这就是林黛玉。所以，林黛玉的生存是诗意地生存，她一旦泪尽，要离开这个世界时，一定也会诗意地消逝。

按理说，一部文学作品中的主人公的人生命运、情感纠葛，无非就是一种艺术创作，读者会由此产生不同的阅读感受。尽管高鹗给林黛玉安排的"焚稿断痴情"这样一个悲剧性的结局，在最基本的思路上符合曹雪芹的构思，但我个人认为，在林黛玉的死亡时间、死亡原因、死亡方式等方面的处理上，高鹗所写并不符合曹雪芹的原有意图，从而使读者在理解《红楼梦》的创作意图和审美享受方面都产生了严重的偏差。

我个人认为，黛玉之死应该是在贾母死亡之后。只要贾母活一天，她就要为林黛玉护航一天，而且贾母从一开始就愿意让宝玉和黛玉婚配，不可能突然来个一百八十度大转弯，同意调包计，甚至于不顾林黛玉的悲苦生死——这不符合曹雪芹前面对贾母和林黛玉关系的描写。所以，只有贾母去世，王夫人和薛姨妈她们促成"金玉姻缘"的最大障碍就没有了，形势就明朗了。最关键的问题在于，林黛玉到人间来是为了还泪，而她的眼泪已经快哭干了，所以，她到了该回到天上的时候了，人间的黛玉在这种情况下会主动地结束自己的生命。而她的死亡形式，应该是一次比葬花更优美的行为艺术，具体的方式可能是沉湖。

曾经有一个红迷朋友听我说到这儿，就开始急躁，他认为我的意思是说黛玉跳湖自杀了。这是对我的意思的误解。尽管他表述的意思大体正确，但是，我宁愿选择另外的语汇，我认为林黛玉会很诗意地安排自己向人间告别的过程，与其说她是自杀，不如说是仙去——她来自仙界，又复归仙界。

跳湖，是从高处往下跳，一个抛物线，咕咚一声——可能死得很痛快，但是毫无诗意。沉湖，是自己穿戴好了以后，从水域的浅处慢慢走向深处，很不一样啊！

在中国近代史上，有人就采取过这种艺术化的死亡方式以激励民众。

辛亥革命前有一个烈士叫陈天华，有人说他是跳海而死，其实不然。陈天华当时觉得非常苦闷，为唤起中国民众反抗清朝的统治，他写了《猛回头》等激昂的文字，剪掉了清朝规定男人必须留的那个辫子，所以现在留下的陈天华的照片上他是披肩发，然后就在日本蹈海。这件事情有相关文献可以证明。他在蹈海前一天写下了《绝命书》，使自己的行为具有一定的艺术性和震撼力。1905年12月8日，他从海边的浅处一步一步向大海深处走去，海水冲击到他的胸部，然后是颈部，最后淹过了他的头部。他觉得这是在完成自己的人生使命——告诉大家，应该改变清王朝统治中国的腐朽现实。陈天华作为一个激昂的革命者，我认为他这样的行为不是跳海，而是蹈海，这两者有很大的区别。

为什么说黛玉会沉湖？在前八十回里有很多伏笔。现在，我不按作者叙述顺序说，而是按我所认为的重要程度来排列——先说一个重要的，最后再说一个更重要的，当中说一些其次的。

第七十六回写到，在中秋之夜，黛玉和湘云两个人很寂寞地在湖畔联诗。联来联去，联到最后，联出两句。这两句惊心动魄，湘云那句是"寒塘渡鹤影"，林黛玉那句是"冷月葬花魂"。有人会问了，不是"葬花魂"，是"葬诗魂"吧？"冷月葬诗魂"确实是很多通行本的写法，但在考察了各种古本之后，我认为，曹雪芹的原笔应该是"花魂"，而不是"诗魂"。为什么？"花魂"在《红楼梦》里面不是一个陡然出现的语汇，早在这一回之前就曾多次出现。比如说，第二十六回有两句："花魂默默无情绪，鸟梦痴痴何处惊。"就有"花魂"这个字眼。在林黛玉的葬花词里面，"花魂"出现的次数也很多，比如："昨宵庭外悲歌发，知是花魂与鸟魂"，"花魂鸟魂总难留，鸟自无言花自羞"。你看，"花魂"是一个《红楼梦》里面固有的概念、固有的语汇。在第七十六回这个地方，它就是林黛玉的象征，就和上一句的那个"鹤影"是史湘云的象征一样。"冷月葬花魂"，就在一个凄清的中秋之夜，湖面上倒映着中秋的满月，湖波荡漾，花魂就默默地、一步一步地沉进去了，就埋葬在湖里面了。所以，这一句诗就是对林黛玉沉湖的一个暗示，就是一个伏笔。

还有，早在第二十三回，林黛玉初进大观园住进潇湘馆，和贾宝玉偷读了《西厢记》，分手以后她一个人慢慢地走回潇湘馆，听见远远传来了学戏的那些小姑娘唱曲的声音，唱的就是《牡丹亭》里面的句子，这又勾她想起了很多古人的诗句。曹雪芹反复地写了这样一些句子："花落水流红"，"水流花谢两无情"，"流水落花春去也"。它们密集地构成一个意向，就是美如花朵的青春少女最后会在水中结束她的生命。我想，描写她听曲，曹雪芹可以摘引很多不同的句子，为什么她所听到的和所想到的来来回回都是这样的内容呢？根据曹雪芹的写作习惯，他不可能是随便一写，这就是一个伏笔。

书里写到大家在大观园里面成立了诗社，第三十七回就出现了海棠社。组织了海棠社以后，大家说以后写诗就别用哥哥妹妹这样的称呼了，咱们得想一个署名，大家当诗翁嘛，就都要有一个别号。林黛玉的别号就是"潇湘妃子"。

"潇湘妃子"是什么意思？远古传说时代的尧、舜、禹当中的那个舜，有两个妃子，一位叫娥皇，一位叫女英。舜是一个非常好的部族领袖，他经常外出巡查，后来不幸死于苍梧，没有回来。娥皇、女英就去寻找他，她们很悲痛，泪水洒到竹子上，使得竹子上面出现了斑痕，形成了所谓的斑竹、潇湘竹。"潇湘妃子"这个别号就来源于此。娥皇、女英最后怎么死的呀？"泪尽入水"，这是古书上记载的。娥皇、女英找不到舜，她们的眼泪哭干了，最后死在了江湖之间。因此，"潇湘妃子"这个别号，实际上也在暗示林黛玉最后是沉湖而死。

到后来，诗社又由海棠社变化为桃花社——因林黛玉作了桃花诗，她们就把诗社的名字改成了桃花社。后来，由于史湘云偶然在春天拾了一片柳絮，就带头作柳絮词。林黛玉的那一阕柳絮词，第一句叫作"粉堕百花洲"。粉，表面说的是花粉，实际上也是在暗示一个女性。她的生命结束在哪儿了呢？百花洲。百花洲是水域的名称，这一句也是一个伏笔。

第四十四回凤姐过生日，安排戏班子来演戏，有一出戏是《荆钗记》，里面有一折叫《男祭》。这出戏的主人公叫王十朋，这折戏就表现王十朋跑到江边去祭奠一个人。

这一回写得很巧妙，凤姐过生日是很重要的一件事，但是

稻花

禾本科稻（学名 *Oryza sativa*）开的花，稻花没有花瓣，从外观上很难看到雄蕊和雌蕊，它们由稻花的内外颖保护。一株稻穗约开 200～300 朵稻花，一朵稻花会形成一粒稻谷，稻谷是中国最主要的粮食作物之一。稻花在古诗词中一般象征丰收，例如"稻花香里说丰年，听取蛙声一片"。

贾宝玉却不通知家里的人，自己跑到外面去了，穿了一身素白的衣服，骑着马，只有一个小厮焙茗跟着他。

他干吗去了呀？

读者都已经忘记金钏跳井的事了，因为当故事情节发展到这儿的时候，离那场风波已经很远了。但是曹雪芹下笔很厉害，他通过这一笔告诉你，贾宝玉对金钏始终不忘，他知道是自己的不当行为造成了金钏的死亡，所以他去祭奠金钏了，因为这一天也是金钏的生日。贾宝玉去了以后还是赶回来了，他毕竟还得在凤姐的生日宴席、唱戏这种场合出现。这个时候，曹雪芹就写得很厉害了。别人都不在意了，唯有林黛玉看到王十朋在江边祭奠的时候就发话了："这王十朋也不通的狠，不管在那里祭一祭罢了，必定跪到江边子上来作什么。俗语说，睹物思人，天下水总归一源，不拘那里的水舀一碗看着哭去，也就尽情了。"

曹雪芹这一笔，可以说是一石三鸟：第一，所有的人都猜不出来贾宝玉去哪儿了，只有林黛玉跟贾宝玉心心相印，最理解贾宝玉的行为，所以猜出他是去祭奠金钏去了。林黛玉这个话就是说，金钏不是投井死的嘛，天下的水终归是一源，其实你要祭奠金钏，从咱们荣国府、大观园都可以舀一碗水，对着那碗水去表达你的哀悼不就齐了吗？你干吗非要跑出去？她就知道，宝玉一定是跑到外面的某一处水边去了——宝玉确实是跑到一个庵里的水井边上去完成了祭奠——这就说明林黛玉和贾宝玉之间有心灵感应，林黛玉这个话就是说给贾宝玉听的。第二，它也借此点明了林黛玉的结局。林黛玉这样的话——一个人死于水域，另一个人要来祭奠她——叫谶语，或偈语。"谶语""偈语"这两个词在《红楼梦》里面多次出现，就是对今后命运的一种事先的暗示。这也就说明林黛玉最后的死亡和水域有关系。第三层意思是，林黛玉死于水域之后，贾宝玉将祭奠她，很可能那次贾宝玉就是舀了一碗水，对着碗中的水来祭奠她，很可能在后面会有这样的情节。

实际上，还有一个更重要的伏笔在第十八回，就是元妃省亲的时候点戏，点了四出戏。现在我们关键是要分析第四出戏——《离魂》，这是《牡丹亭》当中的一折。脂砚斋在这个地方明明白白地写了一条批语，说这是"伏黛玉之死"。

这一折在原始的剧本里面叫作《闹殇》，看看其中的唱词你就明白了。"人到中秋不自由"，说明和中秋节有关系；"奴命不中孤月照"，和冷月有关系；"残生今夜雨中休"，和夜有关系；"恨匆匆，萍踪浪影，风剪了玉芙蓉"，含义就更丰富了，这里说的"玉芙蓉"就是荷花，是水里面的花朵。这些词句都是在影射林黛玉最后会沉湖。

有人会说，黛玉葬花的时候，宝玉要把落花撂到水中，她不是跟宝玉这样说嘛："撂在水里不好，你看这里的水干净，只一流出去，有人家的地方，脏的臭的混倒，仍旧把花遭塌了。那畸角上我有一个花冢，如今扫起来，装在这绢袋里，拿土埋上，日久不过随土化了，岂不干净！"林黛玉既然连落花都不舍得撂在水里，那她最后怎么会去沉湖呢？请读得仔细些，林黛玉的意思，是大观园里的水是干净的，只是一旦流到园子外面，便会被污染。林黛玉沉湖不是一般人类的自杀，她是没有尸体的，她沉到湖心以后，身体便化为烟云，升到天上，是绛珠仙草回归西方灵河岸的三生石畔，因此完全没有随湖水流到大观园外被污染之虞。

所以，按曹雪芹的构思，八十回后黛玉应是沉湖而遁。

我估计，曹雪芹关于这一段的描写会非常优美。黛玉沉湖后，不会有尸体，只会有她的披纱、衣服和钗环存在。在《红楼梦》第四十九回，写林黛玉这样穿戴："换上掐金挖云红香羊皮小靴，罩了一件大红羽纱面白狐皮里鹤氅，束一条青金闪绿双环四合如意绦，头上罩了雪帽。"我想，林黛玉沉湖仙遁前卸下挂到芙蓉花树上的，就是这条青金闪绿双环四合如意绦带。

与林黛玉相关的花还有：
稻花、白海棠花、菊花、水仙花、合欢花

黛玉咏稻花

第十八回写贾元春回荣国府省亲，她让宝玉作三首诗，吟诵三个景点，即后来被正式命名为怡红院、潇湘馆、稻香村的三处。贾宝玉前两首已经写得辛苦，来不及写第三首，林黛玉就替他写了一首，写好揉成纸团掷给

他，贾宝玉展开一看，惊喜非常，誊抄出来。三首诗一起呈上，获得元妃赞赏，而且特别指出第三首最好。这首诗确实非常好，混在《全唐诗》里也不逊许多唐诗。特别是第三、四句，全用名词，对得工整，声韵优美，把农庄的特色描绘得栩栩如生；最后两句，颇有反讽意味。本来元妃已经为那处景点命名为浣葛山庄，一见此诗，大为佩服，这才确定为稻香村。林黛玉替贾宝玉写的诗如下：

杏帘在望

杏帘招客饮，在望有山庄。菱荇鹅儿水，桑榆燕子梁。

一畦春韭绿，十里稻花香。盛世无饥馁，何须耕种忙！

黛玉咏白海棠

第三十七回写贾探春发起了诗社，正好负责在大观园里补种花草树木的贾芸给贾宝玉送了两盆白海棠。"两盆"意味着此处为盆栽植物，所以这里应该是指开白色花的草本植物秋海棠。于是诗社以咏白海棠为首届题目，诗社也就命名为海棠社。书里写林黛玉精心构思，虽是最后写出，却精彩非常：

黛玉道："你们都有了？"说着，提笔一挥而就，掷与众人。李纨等看他的写道是：半卷湘帘半掩门，碾冰为土玉为盆。看了这句，宝玉先喝起彩来，只说："从何处想来！"又看下面道是：偷来梨蕊三分白，借

水仙

学名 *Narcissus tazetta* var. *chinensis*，石蒜科多年生草本。鳞茎卵状至广卵状球形，外被棕褐色皮膜。叶由鳞茎顶端绿白色筒状鞘中抽出，花茎再由叶片中抽出。一般每个鳞茎可抽花茎1～2枝，多者可达8～11枝，伞状花序。花瓣多为6片，花瓣末处呈鹅黄色，花蕊外面有一个如碗一般的保护罩。性喜温暖、湿润，在中国已有一千多年栽培历史。

031

得梅花一缕魂。众人看了，也都不禁叫好说："果然比别人又是一样心肠。"又看下面道：月窟仙人缝缟袂，秋闺怨女拭啼痕。娇羞默默同谁诉？倦倚西风夜已昏。众人看了，都道是这首为上。李纨道："若论风流别致，自是这首。若论含蓄浑厚，终让蘅芜。"探春道："这评的有理，潇湘妃子当居第二。"李纨道："怡红公子是压尾，你服不服？"宝玉道："我那首原不好，这评的极公。"又笑道："只是蘅、潇二首还要斟酌。"李纨道："原是依我评论，不与你们相干，再有多说者必罚。"宝玉听说，只得罢了。

在林黛玉这首吟白海棠的诗中，"秋闺怨女拭啼痕"一句正与她抽的芙蓉花签上所刻的"风露清愁"和"莫怨东风当自嗟"形成前后呼应，体现出她独立不倚的个性与因之遭催的悲剧命运。值得注意的是，她还说白海棠是"偷来梨蕊三分白，借得梅花一缕魂"，把梨花和梅花之美也融汇了进来。

黛玉咏菊花

第三十八回写诗社众人吃螃蟹、赏菊花、写菊花诗，头晚薛宝钗和史湘云共拟出了十二个题目，林黛玉选了三个题目，写出以下三首：

咏菊 潇湘妃子

无赖诗魔昏晓侵，绕篱欹石自沉音。

毫端运秀临霜写，口齿噙香对月吟。

满纸自怜题素怨，片言谁解诉愁心。

一从陶令平章后，千古高风说到今。

问菊　潇湘妃子

欲讯秋情众莫知，喃喃负手叩东篱。

孤标傲世偕谁隐，一样开花为底迟。

圃露庭霜何寂寞，雁归蛩病可相思。

休言举世无谈者，解语何妨话片时。

菊梦　潇湘妃子

篱畔秋酣一觉清，和云伴月不分明。

登仙非慕庄生蝶，忆旧还寻陶令盟。

睡去依依随雁影，惊回故故恼蛩鸣。

醒时幽怨同谁诉，衰草寒烟无限情。

大家都写完后，"李纨笑道：'等我从公评来。通篇看来，各人有各人的警句，今日公评：《咏菊》第一，《问菊》第二，《菊梦》第三。题目新，诗也新，立意更新。恼不得要推潇湘妃子为魁了。然后《簪菊》《对菊》《供菊》《画菊》《忆菊》次之。'宝玉听说，喜的拍手叫：'极是，极公道。'黛玉道：'我那一首也不好，到底伤于纤巧些。'李纨道：'巧的却好，不露堆砌生硬。'"一般情况下，李纨总是偏向薛宝钗的，但这次林黛玉的诗确实太出色了，李纨"恼不得"推黛玉夺魁。三首诗中警句均重点标出，读者可在与"风露清愁""莫怨东风当自嗟"的联想中加以体味。

合欢开的花。合欢学名 *Albizia julibrissin*，豆科植物，又名绒花树、马缨花。落叶乔木，喜光，耐干燥瘠薄。夏季开花，头状花序，合瓣花冠，雄蕊多条，淡红色。荚果条形，扁平，不裂。木材红褐色，纹理直，结构细，可制家具，枕木等。树皮可提制栲胶。

黛玉与水仙

黛玉对水仙并不怎么珍惜。第五十二回有个细节，写宝玉去潇湘馆：

> 因见暖阁之中有一玉石条盆，里面攒三聚五栽着一盆单瓣水仙，点着宣石，便极口赞道："好花！这屋子越发暖，这花香的越清，昨日未见。"黛玉因说道："这是你家大总管赖大婶子送薛二姑娘的两盆花。他送了我一盆水仙，送了蕉丫头一盆腊梅，我原不要的，又恐辜负了他的心。你若要，我转送了你。"宝玉道："我屋里却有两盆，只是不及这个，琴妹妹送你的，如何又转送人？这个断使不得。"黛玉道："我一日药吊子不离火，我竟是药养着呢，那里还搁的住花香来熏？越发弱了。况且这屋里一股药气，反把这花香搅坏了。不如你抬了去，这花也到清净了，没杂味来搅他。"

黛玉与合欢花

第三十八回写在构思菊花诗的时候，林黛玉因不大吃酒，又不吃螃蟹，自命人掇了一个绣墩，倚栏坐着，拿了钓竿钓鱼。后来"黛玉放下钓竿，走至座间，拿起那乌银梅花自斟壶来，拣了一个小小的海棠冻石蕉叶杯，丫鬟看见，知他要饮酒，忙走上来要斟。黛玉道：'你们只管吃去，让我自己斟才有趣儿。'说着，便斟了半盏，看时却是黄酒，因说道：'我吃了一点子螃蟹，觉得心口微微的疼，须得热热的吃口烧酒。'宝玉忙道：'有烧酒。'便命将那合欢花浸的酒烫一壶来。黛玉也只吃了一口，便放下了。"这个细节，竟让批书的脂砚斋激动不已，写下这样的批语："作者犹记矮䕌舫前以合欢花酿酒乎，屈指二十年矣！"可见《红楼梦》作为一部写实的作品，不但许多艺术形象有人物原型，许多故事情节有真实生活中的事件原型，许多话语有真实生活中的口语原型，就连这样的细节，具体到一种酒，竟也有物件原型！因此，对《红楼梦》作原型研究，确实是一种可行也有趣的研究方式。

对林黛玉来说，桃花至关重要

第七十回有这样的文字：

只见湘云又打发了翠缕来，说："请二爷快去瞧好诗！"宝玉听了，忙问："那里的好诗？"翠缕笑道："姑娘们都在沁芳亭上，你去了便知。"宝玉听了，忙梳洗了出来，果见黛玉、宝钗、湘云、宝琴、探春都在那里，手里拿着一篇诗看。看见他来时，都笑说："这会子还不起来？咱们的社散了一年，也没有人作兴。如今正是和春时节，万物更新，正该鼓舞另立起来才好。"湘云笑道："一起社时是秋天，就不应发达。如今恰好万物逢春，皆主生盛。况这首桃花诗又好，就把海棠社改作桃花社。"宝玉听着，点头说："狠好。"且忙着要诗看，众人都又说："咱们此时就访稻香老农去，大家议定好起的。"说着，一齐起来，都往稻香村来。宝玉一壁走，一壁看那纸上写着《桃花行》一篇曰：

桃花帘外东风软，桃花帘内晨妆懒。

帘外桃花帘内人，人与桃花隔不远。

东风有意揭帘栊，花欲窥人帘不卷。

桃花帘外开仍旧，帘中人比桃花瘦。

花解怜人花也愁，隔帘消息风吹透。

风透湘帘花满庭，庭前春色倍伤情。

闲苔院落门空掩，斜日栏杆人自凭。

凭栏人向东风泣，茜裙偷傍桃花立。

桃花桃叶乱纷纷，花绽新红叶凝碧。

雾里烟封一万株，烘楼照壁红模糊。

天机烧破鸳鸯锦，春酣欲醒移珊枕。

侍女金盆进水来，香泉影蘸胭脂冷。

胭脂鲜艳何相类，花之颜色人之泪。

若将人泪比桃花，泪自长流花自媚。

泪眼观花泪易干，泪干春尽花憔悴。

憔悴花遮憔悴人，花飞人倦易黄昏。

一声杜宇春归尽，寂寞帘栊空月痕。

虽然芙蓉花是黛玉的象征，但许多花都能引出黛玉的悲情，比如桃花。桃花开时枝满瓣多，谢时随风飘飞、落水成红。林黛玉对桃花的感慨，其实是继承了她那个时代以前，古典文学中以哀悼落花来伤春的传统。书里第二十三回写：

橄榄

学名 *Canarium album*，橄榄科橄榄属乔木。花期4—5月，果10—12月成熟。果卵圆形至纺锤形，成熟时黄绿色，外果皮厚，可生食或渍制，兼药用，核可供雕刻。

酸浆

学名 *Physalis alkekengi*，多年生草本，基部常匍匐生根。叶卵形而尖，开白花。"洛神珠"可能是酸浆的变种——挂金灯，又名锦灯笼、红姑娘等，开花后，萼肥大成囊状，包围浆果，果实球状，色红，柔软多汁，可食用。

这里林黛玉见宝玉去了，又听见众姊妹也不在房，自己闷闷的，正欲回房，刚走到梨香院墙角上，只听墙内笛韵悠扬，歌声婉转，林黛玉便知是那十二个女孩子演习戏文呢。只因林黛玉素习不大喜看戏文，便不留心，只管往那边走。偶然两句，只吹到耳内，明明白白，一字不落，唱道是："原来姹紫嫣红开遍，似这般，都付与断井颓垣。"林黛玉听了，到也十分慷慨缠绵，便止住步，侧耳细听，又听他唱道是："良辰美景奈何天，赏心乐事谁家院？"听了这两句，不觉点头自叹，心下自思道："原来戏上也有好文章。可惜世人只知看戏，未必能领略这其中的趣味。"想毕，又后悔不该误想，担搁了听曲。再侧耳时，只听唱道："则为你如花美眷，似水流年。"林黛玉听了这两句上，不觉心动神摇。又听道"你在幽闺自怜"等句，亦发如醉如痴，站立不住，便一蹲身，坐在一块山子石上，细嚼"如花美眷，似水流年"八个字的滋味。忽又想起前日见古人诗中有"水流花谢两无情"之句，再又有词中有"流水落花春去也，天上人间"之句，又兼方才所见《西厢记》中"花落水流红，闲情万种"之句，都一时想起来，凑聚在一处。仔细忖度，不觉心痛神痴，眼中落泪。

黛玉有一次曾自比桃花。第三十四回，宝玉被父亲贾政答挞后养伤，感念独黛玉对他交往那些社会边缘人有所理解，就让晴雯送去他用过的手帕，以表达至爱至感的心意，书里写林黛玉的反应：

> 这里林黛玉体贴出手帕子的意思来，不觉神魂驰逸："宝玉的这番苦心，能领会我这番苦意，又令我可喜。我这番苦意，不知将来如何，又令我可悲。忽然好好的送两块旧手帕子来，若不领会深意，单看了这手帕子，又令我可笑。再想私相传递，我又可惧。我自己每每好哭，想来也无味，又令我可愧。"如此左思右想，一时七情六欲，将五内沸然炙起。林黛玉犹不觉得，尚有馀意缠绵，便急命掌灯，也想不起嫌疑避讳等事，便向案上研墨蘸笔，便向那两块帕上走笔写道：
>
> 眼空蓄泪泪空垂，暗洒闲抛却为谁？
>
> 尺幅鲛绡劳解赠，教人焉得不伤悲！
>
> 抛珠滚玉只偷潜，镇日无心镇日闲。
>
> 枕上袖边难拂拭，任他点点与斑斑。
>
> 彩线难收面上珠，湘江旧迹已模糊。
>
> 窗前亦有千竿竹，不识香痕渍有无。
>
> 林黛玉还要往下写时，怎奈两块帕子都写满了，方搁下笔，觉得浑身火热，面上作烧，走至镜台前揭起锦袱一照，只见腮上通红，自羡压倒桃花，却不知病由此萌。一时方上床睡去，犹拿着那帕子思索，不在话下。

这段描写十分精彩。《红楼梦》以前的中国小说，对人物的心理描写大都十分简单粗疏，在《红楼梦》中，有了这种放之世界文学之林，与平行发展的外国文学相比，毫不逊色，甚至还略胜一筹的心理描写，足以令我们自豪。

绛珠仙草在人间有无相近植物？

林黛玉本是天界绛珠仙草。书里写人间姑苏阊门外的乡宦甄士隐在梦里，见到天上的一僧一道，那僧讲给道一个故事：

"此事说来好笑，竟是千古未闻的罕事。只因西方灵河岸上，三生石畔，有绛珠草一株。时有赤瑕宫神瑛侍者，日以甘露灌溉，这绛珠草始得久延岁月。后来既受天地精华，复得雨露滋养，遂得脱却草胎木质，得化人形，竟修成个女体，终日游于离恨天外，饥则食密青果为膳，渴则饮灌愁海水为汤。只因尚未酬报灌溉之德，故甚至五内便郁结成一段缠绵不尽之意。恰近日，神瑛侍者凡心偶炽，乘此昌明太平朝世，意欲下凡造历幻缘，已在警幻仙子案前挂了号。警幻亦曾问及：'灌溉之情未偿，趁此到可了结的？'那绛珠仙子道，'他是甘露之惠，我并无此水可还。他既下世为人，我也去下世为人，但把我一生所有的眼泪还他，也偿还得过他了。'因此一事，就勾出多少风流冤家来，陪他们去了结此案。"那道人道："果真是罕闻，实未闻有还眼泪之说。想来，这一段故事比历来风月事故，更为琐碎细腻了。"那僧道："历来几个风流人物，不过传其大概，以及诗酒篇章而已，至家庭闺阁中一饮一食，总未述记。再者，大半风月故事，不过偷香窃玉、暗约私奔而已，并未曾将儿女真情发泄其一二。想这一千人入世，其情痴色鬼、贤愚不肖者，悉与前人传述不同矣。"那道人道："趁此，你我何不也去下世度脱几个，岂不是一场功德？"那僧道："正合吾意。你且同我到警幻仙子宫中，将这蠢物交割清楚，待这一干风流孽鬼下世已完，你我再去。如今虽已有一半落尘，然犹未全集。"道人道："既如此，便随你去来。"

书里开篇讲了女娲补天的神话故事，那还有所依托，这段绛珠仙子要随神瑛侍者下凡还泪的故事，则完全是曹雪芹的独创。其中讲到绛珠仙草修成女体，也就是变成绛珠仙子以后，"饥则食密青果为膳"，密青果准确的写法是蜜青果，应该指的是橄榄树结出的橄榄果。

但绛珠仙草究竟是什么呢？在人间大地上是否有植物的原型？历来有读者对绛珠仙草进行探究，红学界也是众说纷纭。

初国卿曾在《绛珠草》一文中记述了著名红学家周汝昌先生对此事的看法，周先生认为大自然中该有此物，不会是作者的凭空杜撰。且周汝昌先生在其随笔集《岁华晴影》中表达过他的观点："绛珠草是'艺名'，实际上曹雪芹指的是'苦草'，即《尔雅》所说的'寒浆草'——亦名酸

人参

学名 *Panax ginseng*，五加科多年生草本。夏季开花，浆果扁圆形，成熟时鲜红色。*Panax* 来源于希腊语，意思是包治百病，在中国，人参历来被视为百草之王。

玉竹

学名 *Polygonatum odoratum*，又名葳蕤，天门冬科多年生草本，地下具竹鞭状肉质根茎。叶互生，椭圆形。初夏开花，绿白色。浆果球形，暗蓝色。

浆者是也。"酸浆果实成熟时玲珑红润、浑圆如珠，晋时长安儿童将之同曹植所绘的洛水之神宓妃联系在一起，称之"洛神珠"。周汝昌先生认为，曹雪芹将酸浆与林黛玉联系起来与酸浆的别名"洛神珠"有一定关系。

"洛神珠"是一个非常美丽的意象，比喻林黛玉似乎很恰当。然而，初国卿又谈了其友人陈传国先生的另一种观点。陈传国是一位研究生态学的教授，颇懂草木虫鱼。他认为绛珠草是长白山和辽东山区中特有的深山露珠草，这种草生长在高大的乔木树下，依赖树冠遮阴、避雨、挡风，当大树被砍伐后，它也随后萎黄枯死，这与林黛玉娇花照水、弱柳扶风、依托贾府、仰人鼻息的悲剧人生十分相似。他还说："在长白山，每每见到绛珠草这种婀娜多姿、凄楚可爱的神态，我都会想起林黛玉，忍不住要做一回神瑛侍者。"

马瑞芳曾在《绛珠仙草的三世情缘》中写道："有人解释是蘑菇状的灵芝，且说它是瑶姬的精魂所化，这解释有一定道理，也比较有诗意。但多数红学家认为，绛珠草是长着绿色的叶子、大红珠状果实的草。"这或许与《脂砚斋重评石头记》

挂金灯

甲戌本有关，其中有侧批指出，"有绛珠草一株"中的"绛"，点"红"字。于是有人认为绛珠就是红色的珠子。据有人考证，人参就是长着珊瑚珠一样果实的草本植物，和绛珠草最像。

《绛珠草是何种植物》一文认为绛珠草是玉竹。因为玉竹有一个别名叫葳蕤，而魏晋任昉所著的《述异记》中说"葳蕤草，一名丽草，亦呼为女草，江湖中呼为娃草。美女曰娃，故以为名"，且在别的本草典籍中，玉竹又被叫作女萎、女蕤。可见，葳蕤可视为美女之草。它的果实呈球形、似珠，符合绛珠的珠字；加之果实颜色暗蓝，符合黛玉的黛字；葳蕤又名玉竹，又有了玉字。最重要的是曹雪芹对"葳蕤"的用法奇妙。第三十三回，宝玉和他父亲撞个满怀，父亲训斥他"葳葳蕤蕤的，我看你脸上一团思欲愁闷气色"。葳蕤，明明是植物的名字，可是曹雪芹却拿来当形容词用，表示闷闷不乐、愁眉不展的精神状态，这种状态与黛玉也很贴合。作者认为博览群书的曹雪芹很有可能读过《述异记》，或者在自然界中看到过这种草，于是便把这个名字给了黛玉。

也有人认为绛珠草的植物原型是石斛，因为它生长在岩石上，符合《红楼梦》中所说的"木石姻缘"。贯串《红楼梦》全书的有两种姻缘之说，产生多次摩擦碰撞。一种出自薛宝钗的母亲和王夫人，她们总说有个了不起的和尚预言，戴金锁

挂金灯

的薛宝钗，最后一定要跟一个戴玉的公子结婚，也就是"金玉姻缘"；另一种是贾宝玉和林黛玉自由恋爱所形成的一种默契，就是"木石姻缘"。第二十八回写道："（宝玉）刚洗了脸出来，要往贾母那边请安去，只见黛玉在前面，宝玉赶上去道：'我得的东西叫你拣，你怎么不拣？'黛玉将昨日所恼宝玉的心早又丢开，只顾今日的事了，因说道：'我们没福禁受，比不得宝姑娘，什么金什么玉的，我们不过是个草木之人！'宝玉听他提出金玉二字，不觉心中动了疑猜，便说道：'除了别人说什么金什么玉，我心里要有这个想头，天诛地灭，万世不得人身！'"第三十六回写薛宝钗在贾宝玉睡午觉的时候，坐在榻边绣鸳鸯图案的肚兜。"刚做了一两个花瓣儿，忽见宝玉在梦里喊骂说：'和尚道士的话，如何信得！什么金玉姻缘，我偏说是木石姻缘！'薛宝钗听了这话，不觉怔了。"这样的情节，更加说明宝玉和黛玉都鄙视荣华富贵，追求草木的自然清纯。

关于绛珠草原型的猜测还有很多，有人认为草珊瑚更恰切，也有人觉得珊瑚樱可能是其原型……

虽然黛玉跟许多花都有缘，她葬花也是葬所有花谢落的花瓣，但是，她的象征还是集中在芙蓉花，那种地生的木芙蓉开出的花，仿佛在喃喃低语：我鄙夷金银，崇尚纯净，我在风露中哀愁，与摧残抗争，我为的是我的心！

薛宝钗

任是无情也动人，
此时无声胜有声。

象征薛宝钗的花：牡丹花

第六十三回寿怡红群芳开夜宴，轮到薛宝钗第一个抓签：

宝钗便笑道："我先抓，不知抓出个什么来。"说着将筒摇了一摇，伸手掣出一根。大家一看，只见签上画着一枝牡丹，题着"艳冠群芳"四字。下面又有镌的小字，一句唐诗，道是："任是无情也动人。"又注着：在席者共贺一杯，此为群芳之冠。随意命人，不拘诗词雅谑，道一则以侑酒。众人看了，都笑说："巧的狠，你也原配牡丹花。"说着，大家共贺了一杯。

薛宝钗是贾、史、王、薛四大家族中薛家的后代，薛家世代充当皇家宫廷的采买，到她这一代，虽然父亲故去，只有寡母（书里称为薛姨妈），但她哥哥薛蟠继承父业，继续充当皇家宫廷的采买。这种采买从宫中领取大把银子，买回东西到宫里销账。其间会贪污银子不消说，买来的皇家用品，也会截留一部分自用或赠予亲朋好友。书中第七回有送宫花的情节，薛姨妈让她姐姐王夫人的陪房周瑞家的，把一盒本来是供应宫里妇女佩戴的新样式高级宫花，一共是十二枝，拿去送给荣国府的迎春、探春、惜春三位小姐和林黛玉各二枝，其余四枝送给王熙凤，王熙凤得到后又让拿两枝送到宁国府给秦可卿。你看，本来为皇宫采买的宫花，薛蟠就贪污了一些，让他母亲随意拿出来送人。

顺便解释一下，所谓陪房，就是富家女子出嫁时，家里除了陪送金银与实体嫁妆，还会拨出整房的仆人，作为活嫁妆，一起送往婆家。王夫人出嫁前，她家有个仆人叫周瑞，周瑞已经娶妻，那时候这类仆人的妻子地位很低，虽然有的本来有个名字，但也不让使用，有的根本就一直没有自己的名字，怎么称呼呢？她嫁给了姓什么的，就叫她谁谁家的，周瑞的妻子就被称作周瑞家的。书里还有赖大家的、林之孝家的、王善保家的、秦显家的，大体都是这么个情况。

　　薛宝钗一家原来住在江南，后来她随母亲、哥哥来到京城，住到姨妈王夫人家，也就是荣国府里。她哥哥薛蟠来京之前，跟人抢买一个女孩，与对方起了争执，竟把对方活活打死了。薛蟠并不认为那是什么大事，通过贿赂，让贪官乱判案，脱了罪，他带着母亲和妹妹，还有强买来的女孩，取名香菱，连带仆人，大摇大摆到了京城。书里说那四大家族"皆连络有亲，一损皆损，一荣俱荣，扶持遮饰，皆有照应的"，薛蟠赴京并不是畏罪潜逃，他根本是有恃无恐。那么，薛蟠一家进京，目的何在呢？书里明确交代：

　　　　寡母王氏，乃现任京营节度王子腾之妹，与荣国府贾政的夫人王氏是一母所生的姊妹，今年方四十上下年纪，只有薛蟠一子，还有一女，比薛蟠小两岁，乳名宝钗，生得肌骨莹润，举止娴雅。当日有他父亲在日，酷爱此女，令其读书识字，较之乃兄，竟高过十倍。自他父亲死后，见哥哥不能体贴母怀，他便不以书字为事，只留心针黹家计等事，好为母亲分忧解劳。近因今上崇诗尚礼，征采才能，降不世出之隆恩，除聘选妃嫔外，凡世宦名家之女皆报名达部，以备选择，为宫主、郡主之入学陪侍，充为才人、赞善之职。……

薛蟠素闻得都中乃第一繁华之地，正思一游，便趁此机会，一为送妹待选，二为望亲，三因亲自入部销算旧账再计新支，其实则为游览上国风光之意。

可见薛家进京，排在第一位的目的，是送薛宝钗进京参加选秀。书里没有使用"选秀"一词，但实际上就是要让薛宝钗争取在宫廷选秀中能够胜出，最后能成为宫主、郡主的入学陪侍也好，成为宫中的女官才人，或者成为赞善也行。赞善，这是太子宫中特设的女官，书里这样写，值得注意。

清代八旗家庭的女儿，年龄到了十四，就有选秀资格。书里故事发展到元妃省亲的时候，宝玉十三岁，宝钗比他大一岁，所以宝玉叫她宝姐姐，宝钗显然是已经准备进宫参与选秀了。

这样的一个女子，从外貌到气质，当然就都与大富大贵相关联。

薛姨妈和王夫人一再宣扬，有个神奇的和尚预言，宝钗既然从小戴着金锁，那么，将来她一定会嫁给一个戴玉的，实现"金玉姻缘"。其实开初宝钗也并不是想嫁给宝玉，宝玉虽然戴玉，但是皇帝、亲王、郡王，都是戴玉的，更拥有象征权威的玉玺，元妃省亲的时候，让宝玉作诗，宝玉作得辛苦，求助宝钗，叫她姐姐，宝钗就说："谁是你姐姐，那上头穿黄袍的才是你姐姐，你又认我这姐姐来了。"宝钗其实也想进宫穿上黄袍。

有人会问："既然宝钗进京是为了参加选秀，那怎么书里并没有写她进宫参与选秀的情节呀？"其实是写了的，不过不是明写，明写会招惹文字狱，而且从艺术手法上来说也太笨拙，作者采取了暗写的手法。细读第二十八回到第三十回，就会发现宝钗的表现失态，不能容忍宝玉无心地把她比喻成杨贵妃"原也体丰怯热"，又说"我到像杨妃，只没有个好哥哥好兄弟可以作得杨国忠的"这般怪话，更跟小丫头靓儿大发雷霆："你要小心！"其实靓儿不过是柔声地问她是否藏了扇子。这都暗示，虽然宝钗本身具有优势，但是她的哥哥薛蟠不中用，朝中无人，导致她竟被淘汰。

进宫无望，甚至连去服侍宫主、郡主，当个才人、赞善的路都没有了，薛宝钗这才开始调整自己的心态。加上她在选秀失利以后，贾元春及时地通过端午节颁赐节礼，刻意赐予她和贾宝玉完全一样的礼品，实际上就是指婚，等于告诉她进不了宫不要紧，你可以嫁给我弟弟。这弟弟毕竟是个王孙公子，而且戴玉，更不要说一表人才，你的前途也还是很不错的。薛宝钗本来就对宝玉有好感，这种情况下，就任由自己的少女芳心发酵，开始明确地追求贾宝玉。第三十六回，她在宝玉午睡的时候，失态地坐在榻边本是袭人坐的地方，绣起给宝玉准备的

牡
丹

肚兜上的鸳鸯来，就是明证。不想宝玉说起梦话："和尚道士的话，如何信得！什么金玉姻缘，我偏说是木石姻缘！"这当然给她一个强刺激，但那以后，她嫁宝玉之心，始终未变。

作者用牡丹花象征薛宝钗，是恰当的。牡丹是富贵花，有"国色天香"之称，正所谓"艳冠群芳"。花签上所引诗句，出自唐代的罗隐，他以《牡丹花》为题的诗如下：

似共东风别有因，绛罗高卷不胜春。

若教解语应倾国，任是无情亦动人。

芍药与君为近侍，芙蓉何处避芳尘。

可怜韩令功成后，辜负秾华过此身。

此诗把牡丹赞上天，说如果牡丹会说话，那么一定倾国倾城，就是牡丹不言不语，一派冷漠，那也非常动人。更拿芍药和芙蓉说事，意思是芍药虽美，也只能充当牡丹身旁的侍女，至于芙蓉，就会自动退避三舍，都不知道躲到哪里去了。第七句里的韩令指唐宪宗时的奸臣韩弘，大意是奸臣即使功成名就，不懂得欣赏牡丹也可怜。有意思的是，在《红楼梦》里，作者用牡丹象征宝钗的同时，恰用芙蓉来象征黛玉，书里黛玉跟宝玉说，人家有金，我只是个草木人儿，不正应了这诗里"芙蓉何处避芳尘"的意蕴吗？

到了宋朝，诗人秦观填词《南乡子》，再次使用了"任是无情也动人"一语：

妙手写徽真，水翦双眸点绛唇。疑是昔年窥宋玉，东邻，只

露墙头一半身。往事已酸辛，谁记当年翠黛颦。尽道有些堪恨

处，无情，任是无情也动人。

这是一阕题画词，关于创作时间，一种说法是在元丰元年（1078年）四

月，秦观到徐州拜谒苏轼，题苏轼所藏美女崔徽半身像；另一种说法是约

在元祐五年（1090年）至元祐八年（1093年）作者居京期间。

象征薛宝钗人格的冷香丸

《红楼梦》里薛宝钗这个艺术形象，塑造得非常丰满。

林黛玉进荣国府不久，薛宝钗也到达了。书里说："不想如今忽然来

了一个薛宝钗，年岁虽大不多，然品格端方，容貌丰美，人多谓黛玉之所

不及。而且宝钗行为豁达，随分从时，不比黛玉孤高自许，目下无尘，故

比黛玉大得下人之心。便是那些小丫头们，亦多喜与宝钗去顽笑。"

薛宝钗冷然无情，她内心难道就没有林黛玉般的少女的自然情怀么？

其实不然。书里是这样写的：

宝玉与宝钗相近，只闻一阵阵凉森森、甜丝丝的幽香，竟不

知从何处来的。遂问："姐姐熏的是什么香？我竟从未闻见过这

味儿。"宝钗笑道："我最怕熏香，好好的衣服，熏的烟燎火气

的。"宝玉道："既如此，这是什么香？"宝钗想了一想，笑

道："是了。是我早起吃了丸药的香气未散呢。"宝玉笑道：

"什么丸药这么香得好闻？好姐姐，给我一丸尝尝。"宝钗笑

道："又混闹了，一个药也是混吃的！"

在第七回里，有关于薛宝钗吃药的情况交代得非常详尽。当时王夫人陪房周瑞家的听薛宝钗说自己有病：

周瑞家的道："正是呢，姑娘到底有什么病根儿，也该趁早儿请

个大夫来，好生开个方子，认真吃几剂药，一势儿除了根才好。小小

的年纪，到坐下个病根儿，也不是顽的。"宝钗听说，便笑道：

"再不要提吃药。为这病请大夫吃药，也不知白花了多少银子钱

呢！凭你什么名医、仙药，总不见一点儿效。后来还亏了一个秃

头和尚，说专治无名之症，因请他看了。他说我这是从胎里带来

的一股热毒，幸而先天壮，还不相干。若吃寻常药，是不中用

的。他就说了一个海上方，又给了一包药末子作引子，异香异气

的，不知是那里弄了来的。他说发了时，吃一丸就好。到也奇

怪，吃他的药到效验些。"周瑞家的因问道："不知是个什么海

上方儿？姑娘说了，我们也记着，说与人知道，倘遇见这样的

病，也是行好的事。"宝钗见问乃笑道："不用这方儿还好，若

用了这药方儿的病症，真真把人锁碎死了。东西药料一概都有现

易得的，只难得这可巧二字，要春天开的白牡丹花蕊十二两，夏

天开的白荷花蕊十二两，秋天开的白芙蓉花蕊十二两，冬天开的

白梅花蕊十二两。将这四样蕊，于次年春分这日晒干，和在药末子一处，一齐研好。又要雨水这日的雨水十二钱……"周瑞家的忙道："嗳哟！这样说来这就得一二年的工夫。倘或这日雨水不下雨水，可又怎处呢？"宝钗笑道："所以了，那里有这样可巧的雨？便没雨，也只好再等罢了。还要白露这日的露水十二钱，霜降这日的霜十二钱，小雪这日的雪十二钱。把这四样水调匀，和了丸药，再加蜂蜜十二钱，白糖十二钱，丸了龙眼大的丸子，盛在旧磁罐内，埋在花根底下。若发了病时，拿出来吃一丸，用十二分黄柏煎汤送下。"周瑞家的听了笑道："阿弥陀佛，真坑死人的事儿！等十年未必都这样巧呢！"宝钗道："竟好，自他说了去后一二年间，可巧都得了，好容易配成一料。如今从南带至北，现就埋在这院内梨花树下。"周瑞家的又道："这药可有名子没有呢？"宝钗道："有，这也是那癞头和尚说下的，叫作冷香丸。"周瑞家的听了点头儿，因又说："这病发了时，到底觉怎么着？"宝钗道："也不觉什么，只不过喘嗽些，吃一丸下去也就好些了。"

可见薛宝钗天性中，本来是有正常情爱欲望的，但她根据封建道德，判定那是"热毒"，必须用冷香丸压抑下去，她一生都是在这种自我压抑的过程里度过的。

冷香丸成了薛宝钗人格的象征。这"冷香"的药名，与"任是无情也动人"的诗句是匹配的。

第二十八回写到，贾元春颁赐端午节节礼，特意安排贾宝玉和薛宝钗的礼品从件数到具体物件完全一样，给他们两个人都赐了一种很特别的红麝串，那是黛玉和迎、探、惜三姐妹都没有的，宝玉得了，并不在意，根本就没拿起来看，更没有笼在手腕上。但是他忽然看见宝钗左腕上笼着一串，便好奇：

> （宝玉）笑道："宝姐姐，我瞧瞧你的那红麝串子。"可巧宝钗左腕上笼着一串，见宝玉问他，少不得退了下来。宝钗原生的肌肤丰泽，容易退不下来。宝玉在傍边看着雪白的一段酥臂，不觉的动了羡慕之心，暗暗的想道："这个膀子若长在林妹妹身上，或者还得摸一摸，偏生长在他身上。"正是恨没福得摸，忽然想起金玉一事来，再看看宝钗的形容，只见脸若银盆，眼同水杏，唇不点而红，眉不画而翠，比林黛玉另具一种妩媚风流，不觉呆了，宝钗退下串子来递与他，他也忘了接。宝钗见他怔了，自己到不好意思起来，丢下串子……

这段描写，细腻生动地写出了宝钗那"任是无情也动人"的牡丹般的华贵美丽，也写出了宝钗虽然拼命吞吃冷香丸，在宝玉面前却也难以压抑芳心深处的悸动。宝钗最后可以与宝玉成婚，却无法获得宝玉的真爱。她压抑自己内心的热，以外面的冷来应付社会和生活，到头来"金簪雪里埋"，其悲剧的深度其实远超过黛玉。

第四回里交代，薛家到了京城荣国府后，在梨香院中住下了，薛宝钗的冷香丸是装在坛子里埋在梨树下。后来为了迎接贾元春省亲，梨香院用来安置从苏州买来的十二个小姑娘，也就是小戏子。她们的艺名前一字不同，后一字都是官，所以又可以称为红楼十二官。贾氏宗族派贾蔷负责管理，让教习教这些小戏唱戏排戏，也派些仆妇婆子做后勤工作。于是，薛家从梨香院迁往更东北处的一所院落居住。

作者这样写多少有些讥讽的意味。为什么呢？

中国自唐代就有梨园一说。《新唐书·礼乐志》载："玄宗既知音律，又酷爱法曲，选坐部伎子弟三百，教于梨园。声有误者，帝必觉而正之，号皇帝梨园弟子。"梨园原是唐代都城长安的一个地名，因唐玄宗李隆基在此地教演艺人，后来就与戏曲艺术联系在一起，成为艺术组织和艺人的代名词。可见住梨园，就有演戏作态之嫌。实际上书里有许多情节，都在表现薛姨妈故作姿态、虚伪狡猾，薛宝钗也有巧言令色、表演失度的时候。

雪洞一般的住处激怒了贾母

薛宝钗在荣国府待久了以后，她看得很清楚，在贾宝玉的婚姻问题上，如无意外，姨父贾政会放权给姨妈王夫人，王夫人向贾政汇报，贾政听了以后觉得没有什么不妥，会说"知道了，可以"，等于给奏事折子盖上了表示批准的大红印章。姨父贾政不是实现"金玉姻缘"的阻力，姨妈王夫人是动力，更不用她再做什么工作，她所面临的障碍，就是贾母。她必须在贾母身上下功夫。

但是，贾母一再表露对林黛玉的溺爱，对贾宝玉和林黛玉之间的亲密，不但不制止，甚至公开说二玉"不是冤家不聚头"。对于薛宝钗的母亲和姨妈散布的"金玉姻缘"的舆论，贾母不理不睬。甚至于元妃通过端午节颁赐节礼，等于是给宝玉、宝钗指婚，贾母都装傻充愣，你元妃不是仅仅在暗示，没有直接下谕旨挑明吗？那对不起，我老太太就当没这回事儿。在清虚观打醮活动中，贾母借张道士给贾宝玉提亲，说了一番话，都是在宣示谁也别在宝玉的婚事上插手，这件事只要她活着，那她就决不放权，实际上就是拿话"敲山震虎"，镇的就是王夫人和薛姨妈姐妹，也包括她们的靠山贾元春。贾母要在二玉都大些的时候宣布他们的婚姻，这在荣国府里不是什么秘密。王熙凤跟平儿私下里议论，就说宝玉、黛玉的婚嫁不用从府里总账房拿钱，贾母自有梯己钱拿出来使用。王熙凤甚至当着薛宝钗的面，借送茶叶的由头，跟林黛玉说："你既吃了我们家的茶，怎么还不给我们家作媳妇？"

薛宝钗对于贾母的这种态度，她是心知肚明的。尽管她面

梨花

梨树的花朵。梨树（学名 Pyrus）是蔷薇科落叶乔木或灌木，单叶，互生，有锯齿或全缘。春季开花，其有淡淡的香味。花瓣白色，稀粉红色，花药通常深红色或紫色。梨果多汁，种子黑色或黑褐色。果可供生食外，还可酿酒、制梨膏、梨脯，以及药用。

057

对着这样一个老太太，而且还受到宝玉梦话的强刺激，但是她仍然没有退缩，她有一个性格优势，就是她温婉却并不脆弱，她是一个拿定主意以后就不轻易退让的人。在选秀失利、元妃表达指婚意向无效、清虚观打醮时贾母"敲山震虎"这些事情过去之后，她情绪稳定下来，打定主意要争取实现跟贾宝玉的"金玉姻缘"，这关系到她一生的幸福，她爱宝玉，也有信心在嫁给宝玉后通过讽谏劝诫使宝玉"改邪归正"，但要使好事成真，关键不在别处，就是贾母，她必须要多多争取贾母的好感。

她刚到荣国府的时候，她的讨巧还是比较低层次的，贾母问你爱吃什么呀？她就想贾母是老年人，爱吃甜烂之物，她就说些那种吃食让贾母听；贾母问你爱听什么戏文啊？她想贾母喜欢热闹戏文，所以就捡《鲁智深醉闹五台山》这一类的剧目，来讨贾母欢心。

到第三十五回，她知道再这么讨好贾母不行了，得提高档次。

有一个很具体的描写，特别巧妙。当时大家在怡红院聊天，说着说着，薛宝钗就蹦出一句话："我来了这几年，留神看起来，凤姐姐凭怎么巧，巧不过老太太去。"没想到，这话一出来以后，老太太并没有马上表示高兴，而是说了些别的，贾宝玉又把贾母的话接过来，结果整个话语的内容就紊乱了。贾宝玉的大意是说凤姐姐嘴巧，所以老太太喜欢，但是有的人，比如大嫂子李纨，木头似的，嘴不巧，老太太不是也喜欢吗？后来，又绕来绕去，说要是论会说话，那不光是凤姐姐嘴巧啊，林妹妹嘴也巧啊！贾宝玉当时根本就没在意薛宝钗在干什么，他满心思要引诱贾母去当众夸林妹妹。

贾母在那个场合能直接夸林妹妹吗？

贾母可不傻，再喜欢林妹妹，也不能够掉这个坑里。贾母先含混地应了几句，说有的不大说话的也招人喜欢，又对着宝钗说："你姨娘可怜见的，不大说话，和木头似的，在公婆跟前就不大显好儿。"这个地方，她指的是王夫人，尽管王夫人当时也在场，但是她不怕明点出来，她对王夫人不太欣赏。这话很厉害，就是家族政治、微笑战斗。

宝玉绕来绕去绕到林妹妹身上，希望贾母接茬儿，没想到贾母一看周围，这边是王夫人，那边是薛姨妈，二位等着听什么呢？等着听她夸薛宝钗呢！

贾母就夸了。贾母这个人可真不得了，在微笑战斗当中绝对是冠军。她说："提起姊妹来，不是我当着姨太太的面奉承，千真万真，从我们家四个女孩儿算起，都不如宝丫头。"有的人可能会说，这一夸，算是夸到头了，贾母对宝钗的印象怎么这么好啊？但是，听话听声，锣鼓听音，仔细琢磨就会觉得她很恶毒。贾母心里想，你们不是非得让我夸宝钗吗？行啊，咱们夸。从我们家四个女孩算起——贾家四个女孩是哪四位啊？元春、迎春、探春、惜春。当然，也可以笼统地把林黛玉、史湘云全算上。

重点在于，贾母故意把贾元春包括在内，你说她恶毒不恶毒？她是真夸还是假夸呀？她是让人高兴还是让人堵心啊？这就是贾母，她智商很高。当时薛姨妈听了以后，就不是味。薛宝钗能跟元春比吗？她选秀都失利了嘛，贾母这不是揭人疮疤吗？所以，薛姨妈只好讪讪地说，老太太这话说偏了。王夫人也只好打圆场，说老太太时常背地里和我说宝丫头好，这倒不是假话。王夫人这个话听着就很酸，她其实已经意识到贾母的话是假话，但是她希望她妹妹别在意。作者写得真是很有意思。

如果说这一段情节还不足以说明贾母看不上薛宝钗，那么至关重要的第四十回，可就把贾母对薛宝钗的嫌厌彻底倾吐出来了。

这一回写到刘姥姥二进荣国府。刘姥姥一进荣国府的时候，还没有元妃省亲的事，当时还没有大观园。等她第二次来的时候，省亲活动已经举行完了，大观园封闭一段时间以后开放了，贾宝玉和一些小姐，还有李纨带着贾兰都住进去了。因此，贾母留下刘姥姥以后，就带着刘姥姥逛大观园。期间，贾母还带着她参观了几处小姐的居室。

第一处是潇湘馆。进去后，贾母就发现潇湘馆糊的那个窗纱不对头，为什么呀？潇湘馆的庭院里面是"凤尾森森、龙吟细细"（第二十六回），"凤尾"形容的是茂密的竹丛，"龙吟"形容的是竹丛底下蜿蜒的小溪。竹子是翠绿的，你糊的这个纱也是碧绿的，在审美上很失败，颜色太靠了。所以，在这个场合，贾母就有一大段话，说咱们家还有一种叫软烟罗的纺织品，选一种银红色的给林姑娘换上。

贾母跟刘姥姥说，你看，这是我外孙女的房子。刘姥姥一看，又有笔砚又有书籍，就觉得是个公子的书房呢。这说明林黛玉将她的生活环境布置得非常雅致，有书香气息，很符合林黛玉的性格，也让贾母感到满意。

窗纱靠色的问题，不是林黛玉自己造成的，而是王夫人关心不够，凤姐有给予置换的责任，后来当然全部换掉。

第二处是秋爽斋，探春住的地方。探春的屋子里布置得很华美，书里有细致的描写：

原来探春素喜阔朗，这三间屋子并不曾隔断，当地放着一张花梨大理石大案，案上磊着各种名人法帖并十数方宝砚，各色笔筒，笔海内插的笔如树林一般。那一边设着斗大的一个汝窑花囊，插着满满的一囊水晶球的白菊。西墙上当中挂着一大幅米襄阳《烟雨图》，左右挂着一副对联，乃是颜鲁公墨迹，其联云：烟霞闲骨格，泉石野生涯。案上设着大鼎。左边紫檀架上放着一个大观窑的大盘，盘内盛着数十个娇黄玲珑大佛手。右边洋漆架上悬着一个白玉比目磬，傍边挂着小钟。那板儿略熟了些，便要摘那钟子要击，丫嬛们忙拦住他。他又要那佛手吃，探春拣了一个与他，说："顽罢，吃不得。"东首便设着卧榻，拔步床上悬着葱绿双绣花卉草虫的纱帐。板儿又跑过来看，说："这是蝈蝈，这是蚂蚱。"刘姥姥忙打了他一巴掌，骂道："下作黄子，没干没净的乱闹，到叫你进来瞧瞧就上脸了。"打的板儿哭起来，众人忙劝解方罢。贾母因隔着纱窗往后院内看了一回，因说："这后廊檐下的梧桐也好了，就只细些。"

贾母为什么这么说？梧桐树难道粗了就好看吗？

她在秋爽斋观察窗户的时候，把它当作了一幅画。根据窗户的长宽比例，外面那个梧桐树显得细了，所以作为一幅画，构图不太好，这就是贾母的眼光。贾母这个人，看你怎么说她了，你厌恶她——封建大家庭宝塔尖上享乐至上的老妖精；你客观一点——封建社会里审美趣味很高的一个老太太。

　　贾母还说，怎么听见有鼓乐声音？是不是街上有人结婚哪？

　　王夫人她们就笑了，因为大观园很大，荣国府也很大，离街很远，怎么可能有街上结婚的鼓乐声传进来呢？就跟她解释说，是他们家戏班子，芳官她们那些小戏子在那儿演练呢！这个也说明，贾母认为窗户除了当画框看，还有一个功能，就是要透音。西方人一般是怕窗户透音的，窗户要弄得严严

菊
花

实实的，而中国人就希望窗户外面的声音能传进来，比如"虫声新透绿窗纱"，构成优美的诗境，这跟中国传统文化中天人合一的哲思都有关系，要求一个生命和他生存的外部事物之间有一定的联系、一定的沟通、一定的感应，达到和谐。曹雪芹在书里这些地方，是把贾母作为当时社会中超出她所置身的那个阶层的一般见识，既能把传统文化中的精华加以弘扬，又能"破陈腐旧套"的一个形象来塑造的。

然后，贾母带着刘姥姥到了蘅芜苑，就是薛宝钗住的地方。有人认为"蘅芜苑"是"恨无缘"的谐音，预告薛宝钗住在此处终于还是与贾宝玉无缘，即使后来嫁给了贾宝玉，宝玉不爱她，也是守活寡，后来宝玉便弃她而去，她孤独悲惨地死去。这种谐音联想，有一定道理。

蘅芜苑室内的状况怎么样呢？

贾母是第一次进入蘅芜苑的内室。结果一看，"雪洞一般"，四白落地，没有装饰，"一色玩器全无"。贾母细看，"案上只一个土定瓶"，土定瓶属于瓷器当中低档次的东西，比较粗糙，瓶里面供着数枝菊花，还有两部书，然后就是她的茶奁、茶杯而已。再一看床，"床上只吊着青纱帐幔"，这个帐子上一点图案都没有，就是青纱的，非常素净，"衾褥也十分朴素"。

前面写秋爽斋，写到探春的拔步床的床帐，当时刘姥姥不是带着板儿去的嘛，板儿跑进去指点说这是蝈蝈，那是蚂蚱，可见上面绣着很多精致的草虫图案。虽然探春是一个庶出的贵族家庭小姐，但她那个帐子却非常讲究。薛宝钗呢？她是薛姨妈的嫡出独女，虽然她的父亲没了，可哥哥还做着皇商，家里非常富有，不至于用个什么图案、什么装饰都没有的青纱帐幔啊！

曾有年轻的红迷朋友跟我进行了讨论。他说蘅芜苑之所以布置成这个样子，是薛宝钗成心的。他说薛宝钗原来可能也比较朴素，但是应该没达到这个地步。但是，她预计贾母可能会来，因为前面见刘姥姥的时候，她就发现贾母兴致非常之高，而且贾母要进园子去看，也是预定的计划。所以，她就临时费了一番心思，怎么讨贾母喜欢，把林黛玉比下去。林黛玉由着性子生活，不伦不类，小姐就是小姐，公子就是公子，你一个小姐的屋子怎么能像公子的书房呢？探春跟她并非竞争者，姑且不论。宝钗心想，我现在一定要博一个大彩，让贾母强烈地感受到，我是一个崇尚俭朴的女子，绝不追求奢华，屋里素淡到极点，我最符合封建礼教的规范，难道老太太您还不欣赏、不赞叹吗？哪儿找这么一个孙媳妇去啊！今后一块儿过日子，这勤俭持家、遵守妇道，还会有问题吗？结果，她万没想到，这次和贾母短兵相接，竟发生了激烈冲突，这是始料未及的。

对于这个分析，我基本同意，只是有一处不同意——我认为薛宝钗不会在这一天故意撤掉一些东西，比如说本来这帐子上还有点简单的花纹，就把那个也撤了。薛宝钗不至于做作到这个地步，因为她一贯是比较朴素的。

《红楼梦》第七回里薛姨妈说"宝丫头古怪着呢，他从来不爱这些花儿粉儿的"，第八回里写宝钗"唇不点而红，眉不画而翠，脸若银盆，眼如水杏"，也就是脸部饱满白皙，大眼睛，不化妆而唇红、眉翠。大观园中，几乎只有宝钗天天是素颜，自云"我最怕熏香，好好的衣裳，熏的烟燎火气的"。这意味着宝钗平时并没有刻意打扮。她自身就是牡丹花，只等着"好风凭借力，送我上青云"，薛宝钗相信只要自己坚守"停机之德"，不靠花儿粉儿就能获得好的归宿。

薛宝钗本来应该是很自信的，估计贾母进了她屋子以后，会表扬她的俭朴素淡，所有人都在等待贾母的反应，薛宝钗当然更有特别的期待。

但结果怎么样呢？

万万没想到的是，贾母看了以后，竟然非常不高兴。

贾母先说："这孩子太老实了，你没有陈设，何妨和你姨娘要些，我也不理论。也没想到，你们的东西自然在家里没带了来。"贾母表示：我可以给你一些啊！贾母是一个非常有审美品位的贵族老太太，当时就命令鸳鸯去取一些古玩来。你不是喜欢素雅风格的嘛，我给你取素雅风格的呀！在审美上是有不同流派的，每个人可以有不同风格，有华贵派，比如说秦可卿的那个卧室布置得很夸张，你也可以钟情另一种——素淡，喜爱白、灰、青的色调，但你也得讲究啊！

贾母嗔怪凤姐，说你也不送一些摆设给你的妹妹。凤姐解释，说给过，她退回来了。薛姨妈当时就没摸清贾母究竟是一个什么想法，就在旁边赔笑，说她在家里不大弄这个东西。娘儿俩以为雪洞般的屋子绝对能胜出，可以把其他小姐比下去，尤其是林黛玉，这多勤俭，多朴素，多贞静，多老实啊！没有想到，贾母在这个情境中按捺不住心里面的那个怒火。这个一贯蔼然慈祥，一贯在家族政治当中以微笑战斗取胜的人，这个时候不微笑了——贾母这个时候肯定没有微笑。她摆头，这个肢体语言可不得了，说："使不得。虽然省事，倘或来一个亲戚，看着不像。"什么叫"看着不像"？就是你这个做派，根据礼教规范，也都太过头了，贵族家庭之间来往时，倘若有人来了，看到这个雪洞，会觉得不伦不类，不成体统。这话还在其次。底下，贾母越说心里怒火就越往上蹿——这个时候，贾母的表情你可以想象一下。她还说："二则年轻的姑娘屋里这样素净，也忌讳。我们这老婆子，越发该住马圈去了。"哎呀，这是真心话，但这也很反常，如果不是觉得受到了强刺激，按说贾母不至于把心底里的看法当众说出来，还这么声色俱厉。曹雪芹先描写潇湘馆、秋爽斋的情况，有意识地进行铺垫，与蘅芜苑形成鲜明对比，同时也就给贾母会有这样强烈的反应，提供了充足的心理背景。

　　贾母当时真动了怒。你一个年轻姑娘，就立这么一个标准，说女人应该这样生活，这样生活才符合道德，才高尚，才正常，这太忌讳。贾母不是一般的封建老太太，这个人是破陈腐旧套的，她要过精致生活，过极乐生活，她"福深还祷福"。所以，她见不得宝钗居然给她这么一个雪洞般的屋子来看。贾母吩咐鸳鸯："你把那石头盆景儿和那架纱槕屏，还有个墨烟冻石鼎，这三样摆在这案上就彀了。再把那水墨字画、白绫帐子拿来，把这帐子也换了。"还嘱咐鸳鸯"只别忘了"。

关于贾母的居住环境，第三回林黛玉进府时，书中就有细致描写。书里后来有一笔，说又加盖了一个花厅，专用来摆宴演戏，这说明贾母的屋子与薛宝钗的"雪洞"有着天壤之别。由此可见，贾母跟薛宝钗的冲突不可调和。这看起来是一个审美趣味的冲突，实际上是一个关系到人生态度的根本性的冲突。从此以后，贾母更不可能产生把薛宝钗娶来作为爱孙宝玉的正妻的打算。

想一想高鹗所续写的那些内容，他写王熙凤设置调包计，让贾宝玉娶薛宝钗，贾母居然支持，而那个时候，林黛玉苦苦哀求贾母给她一点怜悯，贾母竟然毫不留情地让人把林黛玉轰走，致使林黛玉悲惨死去。高鹗笔下的贾母，还是曹雪芹笔下的这个贾母吗？我的个人看法，他这样去续，太不符合曹雪芹的原笔原意。

薛宝钗终究不被荣国府宝塔尖上的权威——贾母赏识。这朵牡丹花冷艳地开放着，落得个"金簪雪里埋"的结局，最后在风雪中凋零，凄冷地死去。

薛宝钗其实还是值得我们同情的。错的不是她这朵花，错的是那毒害了她的意识的封建礼教。

薛宝钗借白海棠、菊花、柳花明志

在书中的诗社活动中，薛宝钗的诗才也是大放光彩的。她以诗明志，不过与林黛玉的那些情绪、志向大不相同，甚至抵牾。

第三十七回，她吟白海棠：

> 珍重芳姿画掩门，自携手瓮灌苔盆。
>
> 胭脂洗出秋阶影，冰雪招来露砌魂。
>
> 淡极始知花更艳，愁多焉得玉无痕。
>
> 欲偿白帝凭清洁，不语婷婷日又昏。

"淡极始知花更艳"，这种情怀与"任是无情也动人"、吞吃冷香丸、住雪洞般屋子是一脉相通的，薛宝钗认为收敛、压抑少女的自然芳心才是美德。

第三十八回里宝钗吟菊花，她作了两首：

> 忆菊　蘅芜君
>
> 怅望西风抱闷思，蓼红芦白断肠时。
>
> 空离旧圃秋无迹，瘦损清霜梦自知。
>
> 念念心随归雁远，寥寥坐听晚砧痴。
>
> 谁怜我为黄花病，慰语重阳会有期。

> 画菊　蘅芜君
>
> 诗馀戏笔不知狂，岂是丹青费较量。
>
> 聚叶泼成千点墨，攒花染出几痕霜。

淡淡神会风前影，跳脱秋生腕底香。

莫认东篱闲采撷，粘屏聊以慰重阳。

与林黛玉的吟菊诗的哀怨大相径庭，她抒发的是与现实和解的旷达圆通。

前文已经提到第七十回薛宝钗填的柳絮词，她更直截了当地与林黛玉唱反调，你不得不承认她的翻案文字非常高妙，艺术性极强。

总体而言，薛宝钗的象征是牡丹花，她的花语是什么？既然"任是无情也动人"，那么她也坚信"此时无声胜有声"，她以冷然、贞静面对人世，她活得很辛苦，可叹她终究还是悲剧的结局。

贾元春

初夏榴花未结实，
可叹命运不由己。

象征贾元春的果是香橼，花是石榴花

　　贾宝玉在太虚幻境看完《金陵十二钗正册》第一页，"遂又往后看时，只见画着一张弓，弓上挂一香橼。也有一首歌词云：二十年来辨是谁，榴花开处照宫闱。三春争及初春景，虎兕相逢大梦归。"

　　画上的弓，意味着"宫"。弓上挂香橼，香橼是一种植物的果实，"橼"谐音"元"，可以理解为贾元春虽然置身皇宫，但是被吊挂着，处境其实十分凶险。

　　判词暗示了贾元春的命运与结局。这里出现了一种花，就是榴花，也称石榴花。石榴花有两种，重瓣的多难结实，以观花为主；单瓣的易结实，以观果为主。

　　石榴花火红可爱，常常激起古代文人雅士的创作热情。王安石的《咏石榴花》中写"浓绿万枝红一点，动人春色不须多。"指出石榴花仅"红一点"便在春天有了一席之地，为春天增色不少，突出了石榴花之艳美和珍贵。还有诗人用玛瑙、琥珀、赤玉、红裙等比喻来凸显榴花的红，但这些溢美之词仍然难以充分表现石榴花那生动艳丽的神

香橼

香橼

学名 *Citrus medica*，又名枸橼或枸橼子，芸香科灌木或小乔木。新生嫩枝、芽及花蕾均为暗紫红色。果椭圆形、近圆形或两端狭的纺锤形，重可达2000克。果皮淡黄色，粗糙，难剥。果肉近于透明或淡乳黄色，爽脆，味酸或略甜，有香气。种子小，平滑。花期4—5月，果期10—11月。

采。杜牧一首《山石榴》尤为传神："石榴映小山，繁中能薄艳中闲。一朵佳人玉钗上，只疑烧却翠云鬟。"山里姑娘将石榴花采来插在玉钗上，诗人望着那红艳如火的花朵，居然担心它把姑娘的鬓发烧了。以"火"喻榴花，把石榴花的颜色写出了动态效果。真个别致传神！元代张弘范也很妙："猩血谁教染绛囊，绿云堆里润生香。游蜂错为枝头火，忙驾薰风过短墙。"游蜂前来采蜜，误以为猩红的花团是火焰，被吓得匆忙逃走！诗人通过夸张的手法，以蜂的惊惧同样把花写活了。

石榴花的另一兴奋点，在于它结出的石榴。石榴的特点是多籽，因此民间历来以石榴象征一个家族的生育能力旺盛，寓意多子多福，将石榴视为吉祥之果。历代皇帝都希望自己能有很多的后代，为保江山永远被皇家一姓垄断。所以，纵使榴花开得多么红火绚烂，多情可人，不结出饱满的石榴果就不算一个完满的结局，这像极了贾元春的命运。

象征贾元春的是没有结籽的石榴花

贾元春这个形象，真正浮出水面应该是在第十六回，虽然在第二回的"冷子兴演说荣国府"里提到过这个人，但是这个人出戏是在秦可卿死了之后。第十六回值得细读，里面有一句话特别要紧，就是贾府下人向贾母她们报告说"如今老爷又往东宫去了"，所以要探索贾元春究竟是怎么一回事，咱们得从东宫说起。东宫，早在《诗经》里面就有这个词，指的是太子的居所。在很古老的时候，中国就形成这么一个规矩，就是太子的宫殿要盖在天子宫殿的东边。东宫是隐藏在《红楼梦》文本后面一个很重要的线索。

过去清朝选秀女，是先报到户部。上了名单以后，在某一个时段，就会通知这些秀女进宫，由有关的人来挑选，选上的，就进行分配。分配去的处所也很多，最漂亮的或者是背景最好的，或者是给挑选的人员行了贿的，可能就能够被分配到皇宫中离皇帝比较近的地方；有的就可能只是留在宫里面，作为一个普通的宫女；还有的可能不留在皇帝身边，而是被分配到皇帝的儿子那里，有太子的时候——比如康熙朝两立太子——就会被分到太子身边，这都是有可能的。一个女子被选进皇宫里面去，得到封号的机遇还是很多的。最低档的，可以被叫作"答应"——不要觉得这个词很俗、很土，在当时这是一个正式的封号，说这个女子是一个"答应"，不得了！"答应"啊，说明她已经进了皇宫，而且有机会接近皇帝，可以随叫随到了。在那个时候，家族里有人在宫里成了"答应"，全家会高兴得不得了。当然，"答应"是否会被皇帝叫过去，还要凭运气，几率确实也不高，可能一辈子也没被叫过去。想"答应"没人叫，是吧？但是如果一叫，你"答应"了，来了以后，皇帝觉得你不错，那你就可能再升一级，叫作"常在"。你仔细想一想这俩字，更不错了，就是常在皇帝身边了，可能你还没能完全得到皇帝的宠爱，但是距离受宠比较近了。"常在"之上，比较得宠的，封号叫作贵人，贵人之上就是嫔，嫔之上是妃，妃之上是贵妃，贵妃之上是皇贵妃，皇贵妃之上就是皇后了。

有趣的是，曹雪芹行文的时候，他没有完全按照清朝有关的选秀女的这些条文来写，这个地方有他主观的意识渗入进去。有几处措辞特别扎眼，他说那些仕宦名家之女亲名达部后，备选什么呢？"选为公主、郡主入学陪侍"。"郡主"是什么意思？郡主不是皇帝的女儿，比公主矮一级，指皇帝的儿子封为王爷后所生的女儿。曹雪芹特意这样来写，点明有的女孩子被选进去，并不一定会成为皇帝的妃嫔，可能最后就只是公主、郡主入学的陪读，有的可能只成为伺候郡主的高级丫头。更值得注意的是，曹雪芹还特别说"可以充为才人赞善之职"。才人是过去对宫中女官的一种称谓。赞善这个词是很特殊的，查查古书就知道，赞善在清朝专门指太子府里面，或者是皇帝的还没封太子的皇子的府里面，有一种专门的角色叫赞善。我认为，曹雪芹在使用这些词语上，并不是随意的，他是有写作动机的。他在很小的地方埋下伏笔，小说里面的这些人物，不仅将和皇帝，和皇帝居住的皇宫产生联系，而且还将和公主、郡主、太子、皇子，和这些人以及这些人所居住的空间，产生某种特有的联系。

那么，现实生活当中，贾元春在曹家有没有原型？

曹雪芹他们家族的女儿，有没有可能在选秀女的制度下去报部备选？这是完全有可能的。虽然曹家从血统上说是汉族，但是他们不是一般的汉人，早在满族还在关外和明朝军队进行战斗的时候，他们的祖先就被俘虏了，并被编入满族的八旗里面作为奴仆，叫作包衣，跟着清军战斗，一直辅助满族打进山海关，入主中原，实现了在全中国的统治。曹家祖上被满族俘虏后，收编为正白旗的包衣。满族有八旗，后来这八旗又分为上三旗，下五旗。上三旗是哪三旗呢？就是正黄旗、镶黄旗和正白旗。这三旗归皇帝亲自统领，地位比另外五旗高，上三旗里的包衣，也就随主子神气了许多。曹家这个包衣虽然是奴隶的身份，但是他所属的旗是上三旗之一——正白旗。曹家的祖上和当时皇族的成员关系还比较好，因为那个时候是一个王朝的初创期，奴才的身份虽然低，但是如果在战斗当中冲在前面，主子还是很欣赏的，所以他们有同甘共苦的一面。到顺治一朝，满族彻底地掌握了中国政权，在北京定都，顺治就成为一个名副其实的统一的中国的皇帝。这种情况下，正白旗的包衣，就都得到了一定的好处，曹家就是一个例子。从曹家的祖上开始，皇帝就让他们出任一些比较重要的官职，后来曹寅的父亲就做了江宁织造，再后来曹寅自己也当江宁织造，曹寅的儿子曹颙也当江宁织造，曹颙死了以后，过继给曹寅做儿子的曹頫还当江宁织造。所以虽然曹家是汉族人，还是包衣出身，但是他们和满族的上层有过共同战斗的情谊，皇帝和皇族的一些成员都很善待他们，他们不属于后来的汉军系统，因此有人把曹家说成是汉军旗里的人，是不对的。曹家属于正白旗系统，虽然他们是包衣身份，但是他们家的女儿是有资格参加选秀女的。

在真实的生活当中，曹家应该是有一个女子被选进宫了，这个女子的辈分，应该是曹雪芹的一个姐姐；她可能是曹寅的亲儿子曹颙的一个女儿，也可能是曹寅的过继儿子曹頫的一个女儿，也可能是曹家跟曹頫一辈的兄弟当中，某人的一个女儿。总之，这个女子进宫以后成为整个曹氏家族的骄傲。从辈分上来说，她就是曹雪芹的一个姐姐，也是《红楼梦》中贾元春的原型。

这样的推测是不是缺乏证据支撑呢？

不是的，因为在《红楼梦》的文本里面，对相关信息多次有所逗漏。注意我说的是"逗漏"而不是"透露"。什么叫逗漏？它和透露还不太一样，透露是有意识地直接把一个信息传输给你，而逗漏是作者在有的地方稍微点一下，刺激你一下，稍微漏出一点，然后让你去思索。比如说，《红楼梦》第六十三回写贾宝玉过生日众女儿在怡红院会聚，大家喝酒、唱曲、做抽签游戏，探春抽到的签上面有一句诗"日边红杏倚云栽"，签词上就说，抽中这个签的人必得贵婿。这个时候众人就有一句议论，说："我们家已有了王妃，难道你也是王妃不成？"咱们就小说论小说，有的读者会觉得，这点写错了呀！根据书里描写，贾元春在第十六回里面"才选凤藻宫"，"加封贤德妃"了，她是皇妃，不是王妃，王妃你就说低了呀，凡

榴
花

事应该都是从低往高说，哪有从高往低说的呀？曹雪芹之所以写出这样一句话，而且在各种版本里面，这句话都一样，这就逗漏出一个信息，贾元春这个角色，她的原型最初并不是皇妃，就是一个王妃。当然，曹雪芹的一个姑妈，后来成了平郡王妃，不过那不是通过选秀女攀附上的，那时候曹寅活着，康熙对曹寅好得不得了，曹寅的那个女儿嫁为平郡王正室，是康熙指婚，她的辈分，比元春原型高。"我们家已有了王妃"，曹家人说这个话首先会是指这个平郡王妃，但把曹家的事情写成小说，生活中的平郡王妃并没有转化为里面的一个艺术形象。曹雪芹在书里写的诸多女性，生活原型都取自跟他自己一辈的，元春跟平郡王妃对不上号，其原型应该是另一个跟曹雪芹平辈，但年龄大许多的姐姐。"我们家已有了王妃"在现实中也会是说她，在小说里，就是指贾元春。

那么她最早可能是哪儿的王妃呢？

要回答这个问题，我们就要先说到清虚观打醮这件事情。清虚观打醮的起因是什么？为什么要到清虚观打醮？有人说，贾母她"享福人福深还祷福"嘛。贾母确实是这样一个目的，但是清虚观打醮的发起者是贾元春，关于这一点书里面是写得非常清楚的。在第二十九回，袭人报告宝玉说，昨儿贵妃打发夏太监出来，送了一百二十两银子，叫在清虚观初一到初三打三天平安醮。这才是清虚观打醮最早的起因，这才是贾母求福的由头。我认为，曹雪芹不会乱写，他不可能偏要写一句废话。《红楼梦》里的每句话，他都是认真下笔，别有用意的。清虚观打醮是打什么醮呢？打平安醮，打醮就是祈福。贾元春显然是要为某一个人祈求平安，如果是活着的人，她希望他活着平安，如果是死去的人，她希望他的灵魂能得到安息。那么贾元春为什么要安排在五月初一到初三去清虚观打醮？查阅康熙所有儿子的生卒年，我就发现，只有一个人生在阴历的五月初三，这个人不是别人，就是废太子胤礽。胤礽的一生很悲苦，两立两废，废了以后又被囚禁了十多年，眼睁睁看着一个没被立过太子的四阿哥当了皇帝，才咽了气。我觉得，这个不是巧合，否则曹雪芹写这个都成废话了！因此这里又要说到我在前面强调的那个词，我不叫"透露"，我叫"逗漏"。他写的时候心里边有一种抑制不住的情愫，使他下笔的时候就要这样来写。因此，贾元春的原型最早不在皇帝身边，很可能是在废太子身边。曹家的一个女儿，选秀女选上了，但开始分配得并不理想，这符合曹家在正白旗里面的地位。因为在正白旗里面，曹家毕竟是包衣，毕竟是奴仆，不管后来怎么富贵，你天生就打上了被俘虏然后当人家奴仆的出身印记，这是你以后如何荣华富贵也无法改变的，这个历史是没有办法改写的。小说里面写贾家世仆的后代赖尚荣当了一个县官，但是赖嬷嬷教训赖尚荣时，有句话很沉痛，就是"你那里知道'奴才'两个字是怎么写的！"她还说"你一个奴才秧子，仔细折了福！"生活里的曹家，实际上也有这种隐痛。在选秀女的时候，他家女孩的竞争力，当然就不如真正的满族正白旗里主子家庭的那些女儿们。这种家庭送去的女儿，选来选去最后能被送到皇子身边，送到太子的身边，就很不错了。"寿怡红群芳开夜宴"时众人调侃探春的话，就反映出在那样出身的家庭里，有一个女子有希望成为王妃，就很不错了。所以贾元春的原型，最早应该是到了太子府里面，她究竟是伺候太子，还是伺候弘皙，还是伺候太子妃？这个就不清楚了。但是从书中所透漏出的信息分析，她很有可能一度得到胤礽的喜爱，否则，她怎么会非要让家人在五月初一至初三到清虚观打醮呢？虽然在书中她已化为一个艺术形象，化为贾元春了，但是从艺术形象回溯的话，原型显然会有这种心理动机，会做过类似这样的事。

有人跟我讨论过，说第十六回有点说不通。贾政正在过生日，忽然宫里边来了一个夏太监，来下圣旨，贾氏就慌得不得了。秦可卿这个事不是已经画了句号，了结了吗？秦可卿的丧事都办完了，皇帝都派了大太监亲自来上祭了，各路的公侯都在路边路祭了，北静王都亲切接见了路祭当中的贾宝玉了，你贾家心里还有什么鬼啊？怎么会皇帝一下旨让贾政入朝，就慌成这个样子？有人说，这是不是皇帝对第十三回到第十五回所写的那些，那样允许贾家大办丧事，后悔了，所以又来问罪啊？但是，接下去没有那么写呀，接下去的文字里根本没有关于秦可卿的字样，完全写另外的事，写贾家很快转恐为喜，赖大这些家人就回来报告，说老爷还请老太太带着太太等进朝谢恩。闹半天是好事，大喜事，贾元春"才选凤藻宫"了。接下去写到贾母她们方心神安定，不免又洋洋喜气盈腮，再往下就是那句很重要的话，写大管家赖大向贾母报告，说"如今老爷又往东宫去了"。

为什么要往东宫去？为什么这么突然？

这些写法本身就说明，曹雪芹是在写真实生活当中的一个重大事件，就是雍正暴亡，乾隆将从东宫移到主宫去当皇帝的这样一段史实。雍正是在雍正十三年的八月去世的，死得很突然，上午还好好的，忽然在傍晚就传出他驾崩的消息。到现在都查不到翔实的、准确的档案，说明他究竟是得什么病、因为什么死的。民间有传说，他是被仇家派刺客谋杀的。有的历史学家推测，他是服丹砂急性中毒身亡。小说里，贾政作为一个官员，他还在家里面大摆宴席过生日，这意味着什么呢？意味着他不知道皇帝会出事。如果是皇帝病了，甚至是一个太妃、老太妃病了，按当时的规矩，这些贵族都不能够再进行娱乐活动，都不能够这样大摆宴席。这就说明，曹雪芹很真实地写出了雍正死亡的状态，是突然死亡，所有人都没有能够预感到，现实生活里面的曹家也不例外。小说里面的皇帝，是把康熙、雍正和乾隆综合起来的一个模糊的形象。所以在小说里面，皇帝上面还有太上皇。其实，曹雪芹在世的时候，从努尔哈赤算起，一直到雍正，没有任何一个皇帝自己当过太上皇，或者他当皇帝的时候上面有太上皇。乾隆当过太上皇，但是那个时候，曹雪芹已经去世有三十多年了，曹雪芹不可能去预测乾隆当太上皇的事，他也没有必要预测这个事。他之所以在小说里面写皇帝上面有太上皇，是因为他们家族对康熙有一种亲切的感情，于是他就把康熙写成好像还没有去世，把康熙、雍正、乾隆合并在一起来写。但是第十六回里的这种写法，应该是在暗示雍正的突然死亡。这个消息传来以后，小说里面的贾家慌作一团，并不是因为秦可卿的事，而是暗示政

082

局突然发生了很大的变化，令贾家惊恐。

一朝天子一朝臣哪，生活当中的曹家是尝过这个滋味的。康熙一死，曹家就立刻失去了皇帝的宠爱，生活马上就发生了巨大的变化，甚至发生了惨痛的转折。所以当雍正突然死亡的消息传到曹家的时候，可想而知，现实当中的曹家肯定是乱作一团。虽然雍正对他们很不好，但是这样一来，命运不可知的成分显然又增加了。所以曹雪芹把这个情况移到书里面，就出现了贾家"不知是何兆头""贾母等合家人等心中皆惶惶不定"的慌乱场面，他这样写非常合理。在这种情况下，得到消息的这些王公大臣，首先当然要到正宫去，皇帝死了嘛，要履行某种仪式，也得有所表示。然后，凡是和即将继承王位的皇子有关系的，就应该到东宫去，到那个继承皇位的人居住的地方，去表示祝贺。所以"如今老爷又往东宫去了"，写得很准确。

现实当中雍正采取的是秘密建储的传位方式，不立太子，没有明确地告诉大家，也没有告诉弘历本人，说你就是我的接班人，今后皇帝让你当。雍正是秘密地内定了由弘历来继位，但是在雍正晚年的时候，大家都看出来了，他看重弘历，虽不明说，但很明显，继承他皇位的应该就是弘历。所以在小说里面，把弘历的居所称为"东宫"，也很自然。

前面我推测贾元春的原型，最早不是送到胤礽那儿去了吗？怎么小说里又写成"老爷又往东宫去了"，然后贾元春就得到晋升了，"才选凤藻宫"了？就晋封为凤藻宫尚书，加封贤德妃了，这怎么回事呢？

这一点都不奇怪，查一查清朝的有关档案就可以发现，在选秀中被选中的女性，当她们没有成为皇帝身边宠爱的女子的时候，她们的命运完全由有关的六宫主管太监乃至于由内务府来安排。假如你不是什么很重要的人，你又没有真正成为皇帝身边宠爱的女子，就可以多次对你进行重新分配。那么在康熙的儿子、孙子当中，身边的女子被重新分配的可能性最大的是谁呢？当然就是两立两废的太子，以及他的儿子弘皙。老早在康熙的时候，康熙就觉得，我不能让太子继承皇位了，但是我要善待他，弘皙是我的爱孙，也不能亏待了他。但这些人搁在宫里面又不安全，对他们自己不安全，对政局也有影响，于是康熙就决心在现在叫郑各庄、过去叫郑家庄的地方，盖一大片房子，打算把废太子移到那儿去住。当然，太子被废后没活多久，在雍正二年就死亡了。而且雍正那个时候面对的政敌太多，他觉得废太子以及废太子的儿子弘皙都是纸老虎，所以并没有对他们进行十分残酷的迫害。当然他也对其进行严密监视，但是表面上还算容纳他们，先封弘皙为郡王后升亲王，把他移到郑家庄去居住。在这样一个移宫过程中，需要配备上下各种各样的人员，男的派作管家、仆从，女的就派作侍候王府的女眷。可以推测，在这样的二次分配当中，曹家的这个女性，就没有跟弘皙他们到郑家庄去。这也很好理解，因为对废太子也好，对弘皙也好，给他们配备人员时，一般来说只能是做"减法"，不能做"加法"。曹家的这个女性，二次分配也没能够分配到雍正的身边，她不够格，于是她就从康熙的嫡长孙弘皙身边，被派往康熙的另外一个孙子弘历的身边。这是当时这些女性共同的命运，她们像用品一样，不能自己选择去留所在，人家把你搁到哪儿就是哪儿，有的要经历多次的再分配，被挪来挪去的。但是她到了弘历身边以后，很可能在弘历还没有当皇帝的时候，就已经得到了宠幸，成了一个王妃。小说里面写"难道你也是王妃不成"，这个话实际上是现实生活当中曹家人嘴边的话，曹雪芹就把它写进去了。他写这个的时候因为全书还没有统稿，从第一回到最后一回他还没有来得及仔细地剔掉毛刺，他前面设计贾元春已经是做了皇妃了，不是王妃，但是现实生活当中，贾宝玉过生日的故事，可能还发生在这之前，他挪用了当时人们经常说的一句话。就是说，贾元春原型原来的身份就是一个王妃，但是她所伺候的这个王，一旦成为东宫的储君，一旦真正接替了王位，这个王妃和皇妃，可不可以就是一个人呢？我想，我已经把这个逻辑给理顺了。

贾元春跟着皇帝过了一段很美好的生活，但是好景不长，正像秦可卿可怕的预言一样，"三春去后诸芳尽，各自须寻各自门"。在乾隆元年、二年、三年，这三个美好的春天过去之后，在第四春的时候，就发生了重大的变化。现实中的曹家，这次是遭到了灭顶之灾，彻底毁灭。小说当中的贾家，最后也是彻底毁灭。那么，在第四个春天发生了什么呢？第五回的判词和《恨无常》曲里面，就对元春的命运有一个非常完整的勾勒，对她在八十回以后的结局有非常明显的预言。

在红学发展过程中，有一个说法，认为《红楼梦》有四个不解之谜，这四个不解之谜是：贾元春判词之谜、贾元春《恨无常》曲之谜、《红楼梦》书名之谜和《红楼梦》二十首绝句之谜。前三个谜都是《红楼梦》文本里出现过的，第四个谜则需要略微解释一下。这不是《红楼梦》文本里的，在《红楼梦》手抄本流传的过程里，乾隆朝中期，有个叫富察明义的人，他读了以后，写了二十首绝句，诗句里透露出来，他所看到的手抄本似乎不止八十回，但八十回后也绝非高鹗所续。在诗中他道出了一些他所看到的八十回后的情节，但是他以诗的形式表达，又把自己的感慨糅合进去，意思很朦胧，人们的理解各不一样，因此就成了不解之谜。由于红学界对这四个不解之谜争论不休，难有定论，因此有人干脆将它们称之为"红楼死结"。

四个不解之谜里，两个都与贾元春有关。可见关于贾元春的判词和《恨无常》曲，是难啃的硬骨头。由于《恨无常》曲中没有花木字样，这里就不枝蔓，重点讲述我根据贾元春的判词所做的一些探佚、推测。

关于贾元春的第一句判词是"二十年来辨是谁"，但是通行本里是"二十年来辨是非"。不管是哪个版本，从字面看起来似乎没有什么难解释的，前半句是指一个年代，后半句是指做一件事。但是红学界过去就觉得这句话很古怪，二十年是怎么算的？从什么时候算到什么时候？有人说了，大概是说贾元春进宫二十年了。按清朝规定，选秀女三年进行一次，备选女子在十四岁至十六岁之间最合适，有时也会略微降低一点年龄。那么我们假设贾元春十三岁时被选上，她进宫二十年后，都三十三岁了，那就是一个中年妇女了。这个"二十年"意味着什么呢？是表示她在宫里面待得久呢，还是想表示她在宫里面待得还不够长？说它干吗呢？"二十年"不好解释，"辨是谁"或"辨是非"就更不好解释了。有人按"二十年来辨是非"解释，说元春在皇宫里面的二十年，不断地在辨别皇帝的是非。这可能吗？这有必要吗？一个妇女好容易得到皇帝的宠爱，她会用二十年时间去辨皇帝的是非？在那个社会里，皇帝只有是没有非，他怎么着都是对的，除非他的权力被别人拿走了，他是个傀儡皇帝，他掌大权的话，虽然有时候也会听取一下别人的意见，对于所谓"诤臣"，有时候还会加以表扬，但是他拍了板，那就是定论了，就得照办，皇帝本人乃是非的终极标准。特别是当时宫廷里面的妃嫔，皇帝是严禁她们干预朝政的。在清朝的康、雍、乾三朝，这一点皇帝把持得很紧，也没有出现过后妃干预朝纲的事情。所以我认为，如果说书里写的是贾元春用二十年的时间在辨是非，不可能是去辨皇帝的是非。

《红楼梦》是具有自叙性、自传性、家族史这种特点的小说，里面经常出现一些年代语言，都是以真实生活为依托的。比如说在第五回，宁荣二公嘱托警幻仙姑："吾家自国朝定鼎以来，功名奕世，富贵流传，虽历百年，奈运终数尽不可挽回者。"这里的"百年"是说他们这个家族的荣华富贵流传到贾宝玉在宁国府、在秦可卿的卧室里面午睡的时候，已经有一百年了。这个数字和清朝确立政权，又经历了顺治、康熙、雍正这些朝代的那个年数大体相合，和生活当中的曹家，从他们当年在关外被八旗兵俘虏沦为正白旗的包衣到当时的那个年数也是大体相合的。

第七回的焦大醉骂中有这样一句话，他说："二十年头里的焦大太爷眼里有谁？"焦大所指的"二十年头里"在真实的生活当中，大体是什么时候？虽然作者托言"无朝代年纪可考"，实际上脂砚斋就指出"大有考证"。我就已经考证出来，第一回至第十六回，应该大体上是雍正时期，更具体地说，是在雍正朝晚期，也就差不多是雍正暴死之前。雍正当皇帝十三年，在雍正朝最后说"二十年头里"，那么减去雍正朝的年头，所指的就是康熙朝。"二十年头里的焦大太爷眼里有谁"这句话就证明，小说里面的贾家在二十多年前，他们的状态比小说里面写到秦钟到他们那儿去做客，然后让焦大把他送回家的时候要强得多。那个时候，焦大作为一个老仆是非常风光的，非常神气的，谁也惹不起的。我们就回过头来，到真实的生活当中去看一看，会发现确实是在康熙朝的时候，曹家是最风光的。第十六回写到贾元春得到皇帝的特许，可以回家省亲了，于是贾府开始为省亲做准备了。这个时候，王熙凤的话里面也有一些年代数字，比如"可恨我小几岁年纪，若早生二三十年，如今这些老人家也不薄我没见世面了。说起当年太祖皇帝访舜巡狩的故事，比一部书还热闹。"王熙凤在这儿用了一个很概括的时间概念——二三十年。从雍正朝晚期，往前推二三十年，就恰恰是康熙皇帝南巡的那个时间段。康熙是在康熙二十三年首次南巡，最后一次南巡是在康熙四十六年，然后他是在康熙六十一年的时候去世的。雍正只当了十三年皇帝，从雍正十三年往前推二三十年，大体就是康熙后几次南巡的那个时间。书里还有一个年代数字的表述，我特别重视，是在第四十七回，贾母说："我进了这门子，做重孙子媳妇起，到如今我也有了重孙子媳妇了，连头带尾五十四年，凭他什么大惊大险、千奇百怪的事也经了些。"这个数字就忽然精确到个位，而前面"百年""二十年""二三十年"都是概括性数字。这次曹雪芹写贾母说话，她不说"五十"，也不说"五十五"，她说"五十四"，我想这个不是偶然的，不是曹雪芹写到这儿，兴之所至，随便写上去的。贾母这个人物是有生活原型的，而且是可以非常准确地加以确认的。贾母的原型就是康熙朝苏州织造李煦的一个妹妹，她嫁给了曹寅，李煦在给康熙的奏折里有"臣妹曹寅之妻李氏"这样非常清晰的表述。李氏在小说当中化为了贾母这个艺术形象。贾母说这个话是在第四十七回，这一回写的应该是乾隆元年的事情。从乾隆元年回溯五十四年，是康熙二十一年。查一查曹家的历史会发现，那一年曹玺还活着，任江宁织造。曹玺是曹寅的父亲，曹寅当时在京城，他是治仪正或兼佐领职。当时曹寅是二十五岁的样子，贾母原型的年纪应该大体和曹寅相当。她就在那个时候过门了，嫁到曹家，嫁给曹寅。她说"到如今我也有了重孙子媳妇了"，这一点有人可能会提出意见，说秦可卿已经死掉了呀。但细心的读者可能会注意到，秦可卿死掉以后，贾蓉续娶了，小说后面几次提到有一个贾蓉之妻，而且在第五十八回里面写到老太妃薨逝后，"贾母、邢、王、尤、许婆媳祖孙等皆每日入朝随祭"，这句话里排在最后一位的应该就是贾蓉之妻。这里点出了她的姓氏，她姓许，只是这个人在前八十回里面没有任何故事而已，彻底成为一个背景上的影子了。后来高鹗续书，通行本上，又把贾蓉续娶的妻子说成姓胡。所以贾母说"到如今我也有了重孙子媳妇了"，那个重孙子媳妇当然已经不是指曾让她认为是"第一个得意之人"的秦可卿，她指的应该是许氏。她说五十四年前自己的身份是重孙子媳妇，意味着当时她嫁过去的时候，上面可能还有一个太婆婆；从那一年算起，过了五十四年之后，她也有了重孙子媳妇。而且贾母说这五十四年是不平静的，她经历了很多大惊大险、千奇百怪的事，这也正符合历史上曹家的情况。李氏嫁给曹寅以后，一直到最后去世，那真是大惊大险多极了。

我说这么多，什么目的呢？就是说"二十年"不会是一个随便写下的数字，而是和我刚才分析的那些数字一样，也是可以加以推算的一个数字。

"二十年来"怎么个算法呢？我个人认为，不是说贾元春已经进宫了二十年，而是说贾元春为了一件事情，她可以说是辛苦了二十年。为一件什么事情呢？我认为，"二十年来辨是谁"更接近于曹雪芹的原笔原意。她二十年来，一直在判断有一个人究竟是谁，这个人绝不是皇帝，皇帝是谁还用她去判断吗？她所判断的，就是小说里面的秦可卿。

贾元春为什么要琢磨秦可卿究竟是谁呢？

我们从这个小说所叙述的贾家的情况来看，贾元春不可能年龄非常大。如果贾元春年龄非常大，王夫人生不下她来，小说里的王夫人也无非是一个五十几岁或者接近六十岁的妇女。她应该比秦可卿稍微大一点，也无非是大个四五岁的样子。她在四五岁开始记事的时候，就发现他们家族里出现了一个神秘的女性，比她略小。这个女孩子被说成是由一个小官吏抱养的，然后就被送到宁国府里，开头可能是童养媳的身份，因为那个时候她年龄还很小，就在宁国府里面长大成人。

秦可卿，从小说里的描写来看，气象万千，派头很大。在真实的生活当中，这个人作为废太子二次被废时生下的一个女儿，她并不是真正地在一个破落的小官吏家庭里面长大。之所以要把她藏匿起来，就是为了避免让她跟父母一起被圈禁。她被曹家收养以后，曹家当时境况并不怎么好，不像书里写的宁、荣两府那么富贵繁荣，但是她可以不被圈禁，她就有了自由，不但可以跟自己的家族保持秘密联系，还可以和皇族里其他知道她的真实身份而不予揭示的同情者，以及真以为她是曹家媳妇的、又还接纳曹家的王公贵族，比如康熙的二十一阿哥允禧那样的家庭中的女眷公开来往，建立比较密切的关系。因此她的生活环境、成长环境，绝不是一个小官吏家庭的环境，也不仅是曹家的环境，她应该有更广阔深邃的成长环境。所以小说里写秦可卿有一种高于贾家的见识和修养，从其原型的成长历程来看，是完全可以理解的。

前面已经分析贾元春的原型很可能是曹雪芹的一个姐姐，先被送去参选秀女，又由于本身条件不是非常好，一开头可能并没有被选拔到皇帝的身边，而且很可能是先被派去伺候胤礽和弘皙他们。你想，如果在胤礽第二次被废前夕，胤礽的家族曾经做了这样一件事情，把一个妇女即将临盆的这个事情隐瞒起来，或者谎报生下的婴儿是个死婴，最后还把这个落生的婴儿偷渡出宫殿，寄养到跟自己关系密切的、一贯相好的官僚家族里面，这是完全可能的。而贾元春的原型在小时候可能模模糊糊觉得这个比她小一点的女子有点奇怪，但是她不可能有深刻的意识，她也不一定有去仔细辨认她是谁的浓厚兴趣。但是她到了胤礽和弘皙的生活空间里面以后，她就会从那个空间里面的一些妇人的喊喊喳喳的私语里面，隐约感觉到有些奇怪。府里面当年说是生育了，然后生出来又死掉的婴儿，很可能就是在她小时候，忽然出现在她家族里的那个女孩，于是她就一直琢磨这个事情。那句判词之所以在有的古本上写作"二十年来辨是谁"，含义就是贾元春一直在琢磨，他们贾府里面的这个女人究竟是谁呢？她不是到了当今皇帝身边才开始"辨是谁"的，她从四五岁就开始纳闷，辨了二十年以后，她应该是二十四五岁。而弘历在做皇帝的时候差不多也是二十四五岁，这两个人的年龄应该是比较相当的。弘历对来到他身边的这样一个曹家的女子肯定产生了好感，她得到了弘历的宠爱。这时雍正暴亡，弘历登基，而弘历登基以后的第一件事就是抚平政治伤口，上下做团结工作，该赦的赦，该免的免。贾元春原型，也就是现实生活当中的这个曹家女子，看到这个情况以后，就觉得这是一个最好的告发家族藏匿皇家女子的时机。她要达到三个目的：第一个目的，她觉得自己要坚持原则，我是皇家的人，我要坚持一个至高无上的皇家原则，皇家里面有个别的人做了这种不对头的事情，我有揭发的义务。第二个目的，是要保护自己的家族，她揭发自己的家族藏匿了不该藏匿的人，不是为了让自己的家族遭连累，而是为了保护自己的父母，让自己的家族得到解脱。为什么在这个时候来告发，她的家族就能得到赦免解脱呢？她看到新皇帝在忙着干什么呢？就是正在给所有这些皇族遗留问题画句号呢。第三个目的，她是为了达成隐藏心底的一个愿望。她不可能没有一个往上爬的愿望，因为做了这样的事，而且家里配合得也很好，皇帝会认为她忠孝贤德。所以小说里写皇帝最后就把贾元春提升了，她于是就"才选凤藻宫"，"加封贤德妃"了。小说里面写的，虽然把真实生活当中发生的事情在顺序上略有挪移，但大体上应该就是这样。经过我这样分析，你再读小说里面第十三回到第十六回，你会觉得它在叙述的时间排列上就基本合理了。因此我觉得"二十年来辨是谁"这句判词的意思应该是很清楚的，并不难解释。

第二句判词是"榴花开处照宫闱"。"榴"就是石榴，石榴有一个什么特点啊？石榴多籽。封建社会，从皇族一直到普通老百姓，都希望多子多福。康熙皇帝本身就是一个榜样，你看他那么多子女，而且以子女众多为荣、为喜。紫禁城里妃嫔住的那些院落里面都种石榴树，有些不直接栽在地下，而是栽在一个大盆里面，现在去故宫参观，还能发现月台上一溜都是石榴树。"榴花开处"意味着什么？我个人以为，意味着小说里面的那个贾元春实际上已经为皇帝怀孕了，所以她得到皇帝那么大的宠爱。一般来说，皇帝宠爱一个妇女，在多数情况下，还是因为她为自己有所生育，特别是能给自己生儿子。但是贾元春后来命运为什么悲惨呢？我们从小说里面看不到一点痕迹证明她把怀的这个孩子生下来了。在真实的生活当中，情况可能也是很悲惨的，她的原型给乾隆怀了孩子，孩子却没有顺利地落生。所以它不是"石榴结处照宫闱"，它仅仅是"榴花"，并没有完全结成石榴。这一句就点出来，贾元春她处于这么一种状态。

第三句判词是"三春争及初春景"。贾家有四个平辈的女性，元春、迎春、探春、惜春。这四个女性的名字的第一个字合起来是一个谐音，就是"原应叹息"，原来就应该为她们叹息啊！这是曹雪芹为这些最后命运都不好的薄命女性进行的艺术概括。她们的名字都带春字，所以很多人就将"三春争及初春景"解释成：你看元春多风光啊，元春到了皇帝身边，"才选凤藻宫"，"加封贤德妃"了，迎春、探春、惜春你们都不如她。但是这个话是说不通的。为什么呢？因为《红楼梦》第五回关于十二钗的判词和曲，都不是说她们一段时间里的状态，而是概括她们的整体命运，点明她们的结局。那么就结局而言，迎春确实命最苦，她嫁给中山狼孙绍祖以后，很快就被蹂躏死了；但是探春跟惜春都没有死，尽管一个远嫁，一个当了尼姑，总比死了好吧；而元春呢，我们读完这个判词再读有关她的那个曲《恨无常》，就知道她后来是很悲惨地死掉了。在第二十二回，元春的那首灯谜诗，也很清楚地预示着她的惨死："一声震得人方恐，回首相看已化灰。"她究竟怎么死的，那些情节，有关细节，因为曹雪芹的八十回后文字散佚了，所以探讨起来可能麻烦一点，但是她的结局是悲惨地死掉，这是无可争议的呀！如果非要以四位女性的结局作比的话，只能感叹"迎春怎及初春景"，怎么会"三春争及初春景"呢？而且元春是元春，你说初春干什么呀？非把"三春"解释为元、迎、探、惜里面的三位，非把"春"理解成指人，那读《红楼梦》就会越读越糊涂。不光是这一句的问题，书里有"三春"字样的句子非常之多，比如"勘破三春景不长""将那三春看破"，还有前文引用过秦可卿临死前向凤姐托梦，最后所念的那个偈语，"三春去后诸芳尽，各自须寻各自门"。所以如果胶着在"春"是四个人，来回去饬这"三春"的话，就怎么饬也饬不出一个道理来，越饬越乱乎。特别是"三春去后诸芳尽"，如果死了算"去"的话，那只有迎春、元春死了，应该说"二春去后诸芳尽"；如果远嫁、出家也算"去"，那就该说"四春去后诸芳尽"，怎么也算不出"三春"来。那么这些话里面的"三春"究竟是指什么呢？其实很简单，不是指三个女子而是指三个春天，"三春去后"就是"三度春天过去"。那么"三春争及初春景"是什么意思呢？如果把"三春"理解为三个美好的年头的话，这个问题就迎刃而解。一年固然有四季，但如果我们觉得我们三年都过得不好，我们就可以说这三年是"三冬"，因为冬天一般让人觉得比较寒冷。"三春争及初春景"，就是贾元春她最美好的日子就是封为贤德妃的第一年，即乾隆元年，就是初春。首先她省亲了呀，那多美好，是不是？小说也写了二春、三春的故事，写了背景大约是乾隆二年和乾隆三年的故事，由于各种各样的原因，虽然那个时候元春的情况还是比较好，但是她又回家省亲了吗？没有了。所以对于贾元春来说，确实是"三春争及初春景"。她一共有三个都比较美好的春天，但是在这三个春天里面加以比较的话，哪一个春天最好呢？初春。这样就把贾元春的命运发展的轨迹表述出来了。

如何理解第四句判词"虎兕相逢大梦归"呢？有的红迷朋友可能要说："您写错了吧？不是'虎兔相逢大梦归'吗？"后来的通行本写的都是"虎兔相逢大梦归"。但究竟是"虎兔相逢大梦归"还是"虎兕相逢大梦归"，这是《红楼梦》研究当中一个很热门的话题。

有的研究者认为，原来是"虎兔"，因为"兔"字跟"兕"很相似，当年的抄手抄错了；有的研究者也认为是抄错，但却是把"兕"字错抄成了"兔"字，因为"兕"字比"兔"字生僻，如果原来是"兔"，很难想像有人会把一个常见的字抄成一个许多人都不会写也不知道该怎么念的怪字；也有的研究者认为，是高鹗续书的时候选定了"兔"字，他那是别有用心，故意把曹雪芹原作里传递的权力斗争的信息，化解为一种宿命，一种迷信。

高鹗、程伟元他们续后四十回《红楼梦》，写了元妃之死。高鹗的续书是有一些优点的，我不想全盘否定，但是高鹗写这个贾元春之死确实是太荒唐了，现在我们来看一看他怎么写的。

首先，高鹗说贾元春没有发生任何不测，是"自选了凤藻宫后，圣眷隆重，身体发福"，用今天的话说就是肥胖症。说她"未免举动费力，每日起居劳乏，时发痰疾"，说她吃荤东西吃多了，喉咙这儿老堵着痰，"偶沾寒气"以后，就"勾起旧疾"，勾起她的旧病后，"竟至痰气壅塞，四肢厥冷"，因此就薨逝了。她是因为发福，多痰，受了风寒，可能得了点儿感冒，就死了，很太平地死在凤藻宫里面了。那么，前面第五回的判词也好，关于她的《恨无常》曲也好，关于她那首灯谜诗也好，等于都白写了，没有一点暗示作用，成胡言乱语了。

其次，他怎么解释"虎兔相逢大梦归"呢？他这么说："是年甲寅年十二月十八日立春，元妃薨日是十二月十九日，已交卯年寅月，存年四十三岁。"因为元妃死的那一年是卯年，那个月是寅月，卯就是兔，寅就是虎，所以不就是"兔虎相逢"了吗？这是"兔虎相逢"，不是"虎兔相逢"，应该先把年搁前头，把月搁后头，对不对？过去也确实有一种说法，就是立春以后，可以算是另外一年了，甲寅过后是乙卯，就说元春是死在虎年和兔年相交接的日子不就行了吗？他又偏不按年与年说，非按年与月说，也许他的意思是到了卯年了，但月还属于寅年的月，所以卯中有寅，算是兔虎相逢。但这样营造逻辑，实在是说的人和听的人都脑仁儿疼。

再次，他说贾元春去世的时候四十三岁，在那个社会，四十三岁是一个很大的年纪，就是说贾元春死的时候已是一个小老太太，这个也很古怪。高鹗续《红楼梦》，没有说现在过了三年、过了五年了，没有很大的时间跳跃，他就那么煞有介事地，按前八十回的那个时间顺序往下写，写到贾元春死的时候，离元妃省亲也不过是几年的事情，这样往回推算的话，一个三十七八岁的妇女，能得到皇帝那么大的宠爱吗？也没有生下一个儿子来。按之前的分析，贾元春在省亲的时候不过二十四五岁，这样算，和书中对其他年代的交代是对榫的，和真实生活当中曹家的情况也是能够大体对榫的。

所以，我认为曹雪芹的原笔原意，应该是"虎兕相逢大梦归"。虎，一种猛兽。兕也是一种猛兽，犀牛一类的那种兽，独角兽，很凶猛，体积很大，力气很足，顶起人来很可怕。它跟虎之间可以说是有得一搏的，很难说一定是虎胜，也很难说一定是兕胜。在虎兕相逢、两兽恶斗当中，贾元春如何了呢？"大梦归"。就是意味着她死掉了，人生如梦，魂归离恨天，就是死掉了。

这样，我们就把贾元春的判词完全读通了，它不再是不解之谜，更不是什么死结，是个蝴蝶结，一抻就解开了。

值得注意的一首榴花诗

还有一首榴花诗值得注意。根据前面的分析，《红楼梦》中贾元春的原型，参与宫廷选秀先被分配在胤礽那里，可能是伺候胤礽的儿子弘晳。后来胤礽被彻底废掉，内务府对宫女进行二次分配，她被从弘晳那里移派到弘历身边。书里出现的"坏了事"的"义忠亲王老千岁"，就影射的是废太子胤礽。胤礽被废前，特别是第一次被废前，曾深得康熙皇帝喜爱、信任，他和康熙皇帝一样，到处题字，赐人墨宝，也写下许多诗，但到他被二废圈禁以后，各处的题字都被取缔，所写的诗也不再允许流传，但毕竟有个别题字和诗作漏网，有一首遗留至今的榴花诗，值得玩味：

榴花

上林开过浅深丛，榴火初明禁院中。

翡翠藤垂新叶绿，珊瑚笔映好花红。

画屏带雨枝枝重，丹宪蒸砂片片融。

独与化工迎律暖，年年芳候是熏风。

请注意第二句"榴火初明禁院中"，这与《红楼梦》中涉及贾元春的判词中"榴花开处照宫闱"一句，立意用语何其相似，令人遐思啊！

贾元春的象征是榴花，她的花语是：初夏榴花未结实，可叹命运不由己！

贾探春 篇

我有大志立事业，
只能海外试一番。

象征贾探春的花：杏花

第六十三回"寿怡红群芳开夜宴"中，轮到贾探春抽花签：

探春笑道："我还不知得个什么呢！"伸手掣了一根出来，自己一瞧，便撂在地下，红了脸笑道："这东西不好，不该行这令，这原是外头男人们行的令，许多混话在上头。"众人不解，袭人等忙拾了起来，众人看那上面是一枝杏花。红字写着"瑶池仙品"四字。诗云：日边红杏倚云栽。注云：得此签者必得贵婿，大家恭贺一杯，共同饮一杯。众人笑道："我说是什么呢，这签原是闺阁中取戏的。除了这两三根有这话的，并无杂话，这有何妨？我们家已有了个王妃，难道你也是不成？大喜大喜。"

众人的反应是"我们家已有了个王妃，难道你也是不成？"曹雪芹为什么这样写，前面讲贾元春的时候分析得很透彻了，这里不再重复。

签上所引的诗句，出自唐朝高蟾的《下第后上永崇高侍郎》："天上碧桃和露种，日边红杏倚云栽。芙蓉生在秋江上，不向东风怨未开。"这根花签与第五回《金陵十二钗正册》第三页上关于探春的图画和判词是契合的。图画中有两人在放风筝，一片大海，一只大船，船中有一女子掩面泣涕。也有判词云："才自精明志自高，生于末世运偏消。清明涕送江边舰，千里东风一望遥。"《分骨肉》曲中还有"一帆风雨路三千"等词句。

从这些信息可知，探春出嫁的时间是在杏花盛开的清明节，一个鬼节，按说是最不适合办喜事的日子；她的婚姻是"日"指配的，也就是皇家安排的，"日边红杏倚云栽"嘛；她嫁出去以后，地位是王妃；所嫁往的地方呢，是要坐舰船，从江边出发，但驶出江后，还要漂洋过海；目的地呢，在三千里以外，要经过一番起伏颠簸，很长时间才能达到。

高鹗续书，虽然也说探春远嫁，但只不过是嫁到南方，而且很快也就回来探亲，把悲剧写成了喜剧。这是不符合曹雪芹的悲剧性构思的。

探春是断线风筝，有去无回。她的灯谜诗后有一条脂砚斋的批语："使其人不远去，将来事败，诸子孙不至流散也，悲哉伤哉！"可见，第一，她的远嫁，不是在贾家遭遇灭顶之灾彻底败落之后，应该是在荣国府为甄家藏匿罪产的事情刚刚爆发，第一波打击初来的时候；第二，她远嫁没多久，皇帝就把宁、荣二府参与"月派"谋反和当年藏匿秦可卿的罪行一齐算，那时候几乎没有什么可以回旋的余地了，但是，对她的处世应变能力的激赏，竟使批书人认为在那样一种近乎绝境的情况下，如果她还没远去，竟然可以做到使诸子孙不至离散；第三，这条批语的口气，让我感觉到，"此人"，也就是探春这

杏树上开的花朵。杏（学名 *Prunus armeniaca*）是蔷薇科小乔木或灌木。杏花单生，先叶开放，花瓣白色或稍带红晕。果实、果肉、果仁均可食用。杏的树龄较长，可活百年以上。杏花的观赏性强，每年3—4月份，各地会举办杏花节，是游人踏青的好去处。此外，它还是沙漠及荒山造林树种。

杏
花

个角色，在真实生活里是确实存在的，而书里的故事，也是大体存在的，否则，对一部内容完全虚构、人物全凭想象捏合的故事书，批书人犯不上去做这样的设想，去哀哉伤哉地悲叹。

那么，按曹雪芹的原笔原意，探春远嫁究竟应该是怎么回事呢？她究竟远嫁到哪国去了呢？

第十三回末尾，古本上有两句话："金紫万千能治国，裙钗一二可齐家。"通行本删去了，是不应该的。这两句很重要，虽然是具体针对王熙凤协理宁国府而说的。秦可卿给王熙凤托梦，一开头就说"你是个脂粉队内的英雄，连那些束带顶冠的男子也不能过你"，但是，曹雪芹写金陵十二钗，绝不是只想写出一些不同的沉溺于个人情感的女性，关于这些女子的故事也绝不能简单地概括为爱情和婚姻悲剧，他有一个很重要的动机，就是要写这些女子的才能，而且绝不局限在文才、诗才、画才等方面，他刻意要塑造出具有管理才能的杰出女性，也就是赛过男人的脂粉英雄。除王熙凤之外，他还花大力气写了探春，探春理家，遇到的情况比秦可卿丧事要复杂多了，面对各个利益集团之间各种积蓄已久的矛盾冲突的一次次大爆发，探春克服了自己因是庶出而遇到的特殊困难，其管理才干得到了充分发挥，也取得了相当好的效果。

第五十五回，赵姨娘为兄弟赵国基死后的丧葬赏银一事来跟探春聒噪，探春急切中说了这样的话："我但凡是个男人，可以出得去，我必定早走了，另立一番事业，那时自有我一番道理。"这当然是很重要的伏笔，她在八十回后，果真就像男人那样地出去了，但不是一般地出去，而是一去难返的流放式的远嫁。也不是嫁给了一般的男人，去过一种平庸的生活，而是有其一番独特的作为。

曹雪芹在书里提到过一些外国名字，第十七回写到贾政说怡红院的西府海棠又叫女儿棠，是从女儿国传过来的种。中国古代一直有关于女儿国的传说，说那个国家全是女人，没男人，生育的方式是入水洗浴时受孕，也能生出男孩，但养不到三岁一定死掉；第二十八回提到一个茜香国，国王是女的，她给中国皇帝进贡，有种贡品很奇怪，是系内衣的汗巾子；第五十二回写到真真国，地理位置在西海沿子上，这个国家的女孩子披着黄头发，打着联垂，而且其中一位还能写中国诗；第六十三回提到福朗思牙，专家们有说指法兰西的，有说指西班牙的；此外还提到过爪哇国、波斯国、暹逻，等等。那么，探春远嫁所去的地方会不会就是这当中的一个呢？还是曹雪芹另外再设计出一个地方，一个外国，或者番邦？我认为，根据曹雪芹惯用无意随手、伏脉千里的手法，他会在前八十回里设下伏笔，那么，探春所嫁之处就在上面所列举的名称里，最可能就是茜香国。

不清楚茜香国是以哪国为原型加以虚化的国家，它当时的国王是女的，但跟出产"女儿棠"的女儿国应该不一样，不会是一个没有男人的国家。皇帝把茜香国女国王进贡的大红血点子的汗巾子赐给北静王，北静王又将它赐给伶人蒋玉菡，蒋玉菡又转赠给贾宝玉，贾宝玉又系到袭人腰上，一条大红汗巾子，引出许多情节，包括导致贾宝玉被父亲"不肖种种大承答挞"，而且也成为最后袭人嫁给了蒋玉菡的伏线。我觉得曹雪芹设计出这样的贡品，不会只是为了用那条腰带来作为蒋玉菡和袭人后来结合的伏笔，可能还有一石数鸟的用意。女国王居然把系内衣的汗巾子，作为给中国皇帝的贡品，这或者说明那个国家还没有出现像中国那样比较高级的文明，显得有些野蛮愚昧；或者说明两国之间有些纠纷，这样进贡具有某种故意不恭的挑衅性。总之，这个国家跟中国的关系可能很微妙。

如果茜香国和中国发生纠纷，中国皇帝为了缓和矛盾，答应把中国的公主或郡主远嫁给茜香国的女国王的一个儿子为妻，那是完全可能的，八十回后如有那样的情节，是不足为奇的。而中国皇帝又怎么舍得把真正的公主和郡主嫁到那种相对而言还很不开化的蛮荒之地呢？他完全可以用冒牌货，声称是公主或郡主，嫁到那边去，起到像历史上王昭君一样的"和番"作用。探春的美貌、风度、修养、能力，恐怕是皇家的公主、郡主都难匹敌的。茜香国使臣一看，肯定满意，就是茜香国女王或王子亲自来面试，也绝对不会失望。这样，探春远嫁过去，身份当然也就可以说是王妃。

当一个王妃，那还能算薄命吗？如果是在中国，在北京，那时候，一位贵族家庭的小姐当了一个王妃，不仅对她个人来说算得幸福，她的整个家族，也会为她而骄傲。探春的原型，未必真是像王昭君那样，以那样高的身份规格去和番，也许生活中的真实情况，只不过是被皇家赏给了某个远域部族的中等首领。当然目的还是政治性的考虑，所谓威猛并施，如果部族叛乱就坚决镇压，如果表示投降归顺，那么所赏赐的就不仅有物品，还有活人，探春的原型就应该是那样的一种活人赏赐。因此，这种远嫁，即使真达到王妃的名分，说穿了也还是充当人质。纵使像探春原型那样"才自精明志自高"，去了以后发挥出一些管理方面的才能，也还是要哀叹"生于末世运偏消"，不是什么幸福快乐的事情，依然算是红颜薄命。

曹雪芹对太虚幻境薄命司橱柜里册页画面的设计都极简洁，没什么废笔，但是，关于探春的画上，是两个人在放风筝，为什么要画两个人？

第七十一回里，南安太妃的出现值得注意。这位地位比贾母高的贵妇，抱病来给贾母祝寿。她是有备而来，提出要见贾府的小姐，贾母不糊涂，知道南安太妃之所以来，"醉翁之意不在酒"，实际上是来挑媳妇的，于是吩咐，让凤姐把史湘云、薛宝钗、林黛玉和贾探春带出来，让南安太妃过目。史、薛、林都是外姓亲戚，更何况史湘云那时候已经定亲，这三位的婚事都不归贾府管，所以，实际上贾母就是把贾探春推荐给南安太妃，南安太妃看后很满意。贾母没有推荐贾迎春，邢夫人后来对此有所抱怨。八十回后，贾探春应该先是被南安太妃家接了过去，准备给南安太妃的某个孙子婚配，也就是第七十回放风筝那个场面里所暗示的那样。宝玉和众女儿们放风筝，探春放的是一只凤凰，这本来很吉祥，但是，忽然又飘来一个凤凰风筝，似乎更吉祥，接着又来了个门扇那么大的喜字风筝，还发出钟鸣一般的声音，这不是锦上添花了吗？两只凤凰一大喜，多好的象征啊！可是，那三只风筝最后竟是绞在一起，三下齐收乱顿，结果呢？线全断了，三个风筝全都飘飘摇摇远去了，竟是很糟糕的一个局面。

学名 *Rubia cordifolia*，茜草科多年生草本植物，茎蔓匍生长，长可达 3.5 米。根状茎和节上的须根均红色。叶片轮生，纸质，披针形或长圆状披针形，顶端渐尖，心形。伞状花序，花数十朵，花冠淡黄色。果球形，橘黄色。茜草能活血，祛瘀。早在商周，茜草就已是主要的红色染料，在大量的丝织品文物中，茜草染色占了相当大的比重。

这象征什么呢？就是皇帝要南安太妃家献出一个郡主，去茜香国和番，南安太妃家哪舍得把自己亲生的郡主献出去，就把探春从准媳妇的身份改换为郡主的身份，献了出去。所以探春出嫁时，岸边有两个人放风筝，其实就是暗示去告别送行的会有两家人，一家是贾家，一家就是南安太妃家。

册页图画中船上那个女子为什么掩面泣涕？就是象征着探春的远嫁，表面上体面，很给贾氏宗族挣面子，其实是双方政治较量当中的一个互相妥协的产物。借用第五十三回贾珍说的那个歇后语，叫作"黄柏木作磬槌子——外头体面里头苦"。第二十三回，探春的灯谜诗，有一句就是"游丝一断浑无力"，她远嫁后，其实也可以说是命若游丝。探春这样一位貌美且才能出众的女子，竟不能掌握自己的命运，而是被当作一件工具，在杏花开放的时节，去平衡书里朝廷和番邦的政治关系，而且那番邦在遥远的海域，这一去，就再难回家探望，只能忍受蛮荒的恶劣环境，争取到那里立足。

书里写到的茜香国，应该是盛产茜草，茜草可以制成红色染料，来自茜香国的汗巾子是血红色的，也可以作这样的解释：茜香国女王作为贡品献给皇帝的，只是一些茜草染红的纱匹，皇帝命人用这些大红纱帛裁制成许多汗巾子，然后赏赐给王公大臣。

探春屋外有梧桐

第三十七回，宝玉收到探春写在花笺上的短简，就是一封邀请信，内容是这样的：

娣探谨奉

二兄文几：

前夕新霁，月光如洗，因惜清景难逢，讵忍就卧，时漏已三转，犹徘徊于桐槛之下。未防风露所欺，致获采薪之患。昨蒙亲劳抚嘱，复又数遣侍儿问切，兼以鲜荔并真卿墨迹见赐，何瘝痌惠爱之深耶。今因伏几凭床处默之时，忽思历来古人中，处名攻利敌之场，犹置一些山滴水之区，远招近揖，投辖攀辕，务结二三同志者盘桓于其中。或竖词坛，或开吟社，虽一时之偶兴，遂成千古之佳谈。妹虽不才，窃同叨栖处于泉石之间，而兼慕薛林之技。风庭月榭，惜未晏集诗人。帘杏溪桃，或可醉飞银盏。孰谓莲社之雄才，独许须眉。直以东山之雅会，让余脂粉。若蒙棹云而来，妹则扫花以待。特此谨奉。

这封信里提到梧桐树。探春因为夜里到梧桐树下徘徊，结果受凉得病。过去人们常认为梧桐是凤凰栖息的地方。

前面已经讲到，探春放凤凰风筝，引出了特殊情况，她后来又到南安太妃家，算是南安太妃家的一个郡主，远嫁到了茜香国。所以作者强调探春居所外面有梧桐树，也是有其隐喻的。

探春最爱芭蕉

　　探春还给黛玉、宝钗、李纨、迎春、惜春等都递了短简，结果这些人都到她那秋爽斋去了：

　　　　黛玉道："既然定要起诗社，咱们都是诗翁了，先把这些姐妹叔嫂的字样改了才不俗。"李纨道："极是！何不大家起个别号，彼此称呼到雅。我是定了！稻香老农。再无人占的。"探春笑道："我就是秋爽居士。"宝玉道："居士主人，到底不恰，且又瘰瘝。这里梧桐、芭蕉尽有，或指桐蕉起个到好。"探春笑道："有了，我最喜芭蕉，就称蕉下客罢。"众人都道别致有趣。黛玉笑道，"你们快牵了他去，炖了脯来吃酒。"众人不解，黛玉笑道："你们不知古人曾云蕉叶覆鹿，他自称蕉下客，可不是只鹿了？快做了鹿脯来。"

可见探春的居所有芭蕉，而且她很喜爱芭蕉，最后用蕉下客作为写诗的笔名。

探春咏过的花：白海棠、菊花、柳絮

　　在诗社活动中，探春以吟白海棠和菊花言志，既不失闺中女儿的娇俏，又有着旷达与豪爽：

咏白海棠　（限门盆魂痕昏韵）

斜阳寒草带重门，苔翠盈铺雨后盆。玉是精神难比洁，雪为肌骨易消魂。

芳心一点娇无力，倩影三更月有痕。莫谓缟仙能羽化，多情伴我咏黄昏。

　　簪菊　蕉下客

瓶供篱栽日日忙，折来休认镜中妆。长安公子因花癖，彭泽先生是酒狂。

短鬓冷沾三径露，葛巾香染九秋霜。高情不入时人眼，拍手凭他笑路傍。

　　残菊　蕉下客

露凝霜重渐倾欹，宴赏才过小雪时。蒂有馀香金淡泊，枝无全叶翠离披。

半床落月蛩声病，万里寒云雁阵迟。明岁秋风知有会，暂时分手莫相思。

在第七十回，探春咏柳絮，需要填一阕《南柯子》，她在规定时间里没有完卷，只写出上半阕：“空挂纤纤缕，徒垂络络丝。也难绾系也难羁，一任东西南北，各分离。”这当然是预示着她的远嫁。书里写：“宝玉虽作了些，只是自己嫌不好，又都抹了，要另作，回头看香，已将烬了。李纨等笑道：‘这算输了。蕉丫头的半首且写出来？’探春听说，忙写了出来……李纨笑道：‘这也却好作，何不续上？’宝玉见香没了，情愿认负，不肯勉强塞责，将笔搁下，来瞧这半首。见没完时，反到动了兴，开了机，乃提笔续道是：落去君休惜，飞来我自知。莺愁蝶倦晚芳时，纵是明春再见，隔年期。众人笑道：‘正紧你分内的又不能，这却偏有了。纵然好，也不算得。’”宝玉虽然在词里盼望“明春再见”，但这句并非探春写出，意味着探春远嫁后想回来探亲的期盼必定落空。

玫瑰

旁人眼中贾探春被形容为：玫瑰花

第六十五回中，写在贾琏包养尤二姐的花枝巷，贾琏的小厮兴儿跟尤二姐、尤三姐透露荣国府情况：

> 兴儿拍手笑道："原来奶奶不知道，我们家这位寡妇奶奶，他的浑名叫作大菩萨，第一个善德人。我们家的规矩又大，寡妇奶奶们不管事，只宜清净守节。妙在姑娘们又多，只把姑娘们交给他，看书写字，学针线，学道理，这是他的责任。除此，问事不知，说事不管。只因这一向他病了，事多，这大奶奶暂管几日。究竟也无可管，不过是按例而行，不像他多事逞才。我们大姑娘不用说，但凡不好，也没这么大福了。二姑娘的浑名是二木头，戳十针也不知嗳哟一声。三姑娘的浑名是玫瑰花。"尤氏姊妹忙笑问何意，兴儿笑道："玫瑰花又红又香，无人不爱的，只是有刺戳手。也是一位神道，可惜不是太太养的，老鸹窝里出凤凰……"

所以，虽然象征贾探春的花是杏花，但在旁人眼中心中，她却像又红又香、有刺戳手的玫瑰花。

杏花作为贾探春的象征，其花语是：虽然日边倚云栽，究竟还与茜草伴。我有大志立事业，只能海外试一番。

芭蕉 学名 *Musa basjoo Siebold*，芭蕉科多年生草本。植株高2.5～4米，叶片长圆形。花序顶生，下垂，苞片红褐色或紫色。浆果三棱状，长圆形。芭蕉叶可作为织布、造纸原料。多栽培于庭园及农舍附近。

玫瑰 学名 *Rosa rugosa*，蔷薇科落叶灌木，枝条较为柔弱软垂且多密刺，茎粗壮。花单生于叶腋，或数朵簇生。花瓣倒卵形，重瓣至半重瓣，芳香，紫红色至白色。每年花期只有一次。喜阳光充足，耐寒、耐旱。

史湘云 篇

是真名士自风流，
惟大英雄能本色。

象征史湘云的花：西府海棠花

第六十三回，黛玉抽完花签，掷骰子是个十八点，便该湘云掣：

> 湘云笑着，揎拳掳袖的伸手掣了一根出来。大家看时，一面画着一枝海棠，题着"香梦沉酣"四字。那面诗道是：只恐夜深花睡去。黛玉笑道："夜深两个字改石凉两个字。"众人便知他趣白日间湘云醉卧的事，都笑了。湘云笑指那自行船与黛玉看，又说："快坐上那船家去罢，别多话了。"众人都笑了。因看注云："既云香梦沉酣，掣此签者不便饮酒，只令上下二家各饮一杯。"湘云拍手笑道："阿弥陀佛，真真好签！"恰好黛玉是上家，宝玉是下家。二人斟了两杯，只得要饮。宝玉先饮了半杯，瞅人不见，递与芳官，芳官即便端起来一仰脖子。黛玉只管和人说话，将酒全折在漱盂内了。

史湘云抽出海棠花签，说明海棠花是她的象征。当然这海棠不是指那种适于盆栽的草本植物秋海棠，而是指地栽的海棠，那是一种木本植物。

第十七回写贾政一群人考察刚建好的大观园：

> 忽又见前面又露出一所院落来了，贾政笑道："到此可要进去歇息歇息了。"说着，一径引人绕着碧桃花，穿过一层竹篱花障编就的月洞门，俄见粉墙环护，绿柳周垂。贾政与众人进去，一入门，两边俱是游廊相接。院中点衬几块山石，一边种着数本芭蕉，

海棠是蔷薇科苹果属多种植物和木瓜属几种植物的通称。苹果属代表植物有海棠花（Malus spectabilis）、垂丝海棠（Malus halliana）、西府海棠（Malus micromalus）、三叶海棠（Malus sieboldii）等，木瓜属代表植物有木瓜（Chaenomeles sinensis，俗名海棠）、皱皮木瓜（Chaenomeles speciosa，俗名贴梗海棠）等。

海棠

那一边乃是一颗西府海棠，其势若伞，丝垂翠缕，葩吐丹砂。众人赞道："好花，好花！从来也见过许多海棠，那里有这样妙的。"贾政道："这叫作女儿海棠，乃是外国之种，俗传系出女儿国中，云彼国此种最盛，亦荒唐不经之说罢了。"众人笑道："然虽不经，如何此名竟传久了？"宝玉道："大约骚人咏士以此花之色红晕若施脂，轻弱似扶病，大近乎闺阁风度，所以以女儿命名。想因被世间俗恶听了，他便以野史纂入为证，以俗传俗，以讹传讹，都认真了。"众人都摇身赞妙。

史湘云以海棠为象征，再具体化，就是书里写到的这种西府海棠。注意书里的行文："丝垂翠缕，葩吐丹砂。"史湘云的丫头，就偏叫翠缕，可见作者是精心设计了的。

北宋僧人惠洪的《冷斋夜话》一书中有这样一段记载："唐明皇登香亭，召太真妃，于时卯醉未醒，命高力士使侍儿扶掖而至。妃子醉颜残妆，鬓乱钗横，不能再拜。明皇笑曰：'岂妃子醉，直海棠睡未足耳！'"这便是"海棠春睡"典故的由来，小说第五回写到宁国府秦可卿的卧室就有一幅《海棠春睡图》。后来，苏东坡在被贬黄州时，据此写了一首《海棠》："东风袅袅泛崇光，香雾空蒙月转廊。只恐夜深花睡去，故烧高烛照红妆。"花签上的诗句便出自此处。

西府海棠

蔷薇科小乔木，高达2.5～5米，树枝直立性强。伞形总状花序，有花4～7朵，集生于小枝顶端，花瓣近圆形或长椭圆形，长约1.5厘米，基部有短爪，粉红色。果实近球形，红色。花色艳丽，一般多栽培于庭园供绿化用。花期4～5月，果期8～9月。

近年多有人引用张爱玲的话，她说一生中有三大恨：一恨海棠无香；二恨鲥鱼多刺；三恨红楼未完。

《红楼梦》前八十回里没有一段文字明确交代史湘云究竟是怎么个来历，但通过阅读，把前后的种种零星信息综合到一起，就明白了：史湘云是书里四大家族中史家的一个与贾宝玉平辈的少女，是贾母也就是史太君娘家的人。论起来，她是贾母某个侄子的女儿，因此贾母是她的祖姑，她是贾母的一个侄孙女儿。但是她很不幸，襁褓中就父母双亡，因此打小由两位叔叔轮流抚养。这两个叔叔都很有权势，都封了侯爵，一个封了保龄侯，一个封了忠靖侯，大面上对她还不错，但两位婶婶对她相当克啬，把她当丫头使唤，派她做许多针线活。贾母作为祖姑，对她很眷顾，时常接她到荣国府里居住一段时间，那是史湘云最幸福的时光。后来保龄侯被皇帝派了外任，贾母舍不得他把史湘云带往外地，就又让她来到荣国府，这次就住得很久了。两位叔叔在史湘云刚满十四岁的时候就给她许配了人家，根据脂砚斋的批语可以推测出是嫁给了一位叫卫若兰的王孙公子，"厮配得才貌仙郎，博得个地久天长，准折得幼年时坎坷形状"，幸福了一阵子，但是"终久时云散高唐，水涸湘江"，到头来也是红颜薄命。

史湘云算起来也是贾宝玉的表妹，不过从血缘上来说，比林黛玉那样的姑表妹、薛宝钗那样的姨表妹都要远些，是祖母家族的一个远房表妹。在《红楼梦》前八十回里，我们可以看到，虽然史湘云偶尔会和贾宝玉发生一点思想意识上的抵牾碰撞，比如史湘云鹦鹉学舌，学薛宝钗劝宝玉走仕途经济的路子，通过科举考试去博取功名，遭贾宝玉厌恶，但总体而言，他们如亲兄妹般愉快相处，共度了许多美妙的时光，留下许多闪光的回忆。根据周汝昌先生探佚，在曹雪芹写成但又丢失的八十回后的书稿里，写到四大家族败落后，贾宝玉和史湘云遇合，他们在那以后才把友情升格为爱情，两个人白了少年头，在患难中结为夫妻。

与史湘云关系密切的花：芍药花

芍药

虽然象征史湘云的是海棠花，但是，第六十二回"憨湘云醉眠芍药裀"是《红楼梦》中最美丽的场景之一，不少读者一提到史湘云，就不免想起那个场景：

> 正说着，只见一个小丫头笑嘻嘻的走来说："姑娘们快瞧云姑娘去，吃醉了图凉快，在山子后头一块青板石凳上睡着了。"众人听说，都笑道："快别吵嚷。"说着，都走来看时，果见湘云卧于山石僻处一个石凳子上，业经香梦沉酣，四面芍药花飞了一身，满头脸衣襟上皆是红香散乱，手中的扇子在地下也半被落花埋了。一群蜂蝶闹穰穰的围着他，又用鲛帕包了一包芍药花瓣枕着。众人看了，又是爱，又是笑，忙上来推唤挽扶，湘云口内

犹作睡语说酒令，唧唧哝哝说道："泉香而酒洌，玉碗盛来琥珀光，直饮得梅稍月上醉扶归，却为宜会亲友。"众人笑推他说道："快醒醒儿吃饭去，这潮凳上还睡出病来呢。"湘云漫启秋波，见了众人，又低头看了一看自己，方知是醉了。原是来纳凉避静的，不觉的因多罚了两杯，娇弱不胜，便睡着了，心中反觉自愧，连忙起身，随着众人来至红香圃中，用过水，又吃了两盏酽茶。探春忙命将醒酒石拿来给他唧在口内，一时又命他喝了些酸汤，方才觉得好了些。

海棠无香，芍药却香气馥郁。史湘云所抽花签上题着"香梦沉酣"四字，正是将海棠与芍药重叠在一起表达。

史湘云吟诵过的花：白海棠花、菊花、柳花

史湘云在诗社中，一人对白海棠独吟两首：

其一

神仙昨日降都门，种得蓝田玉一盆。

自是嫦娥偏耐冷，非关倩女亦离魂。

秋阴捧出何方雪，雨渍添来隔宿痕。

却喜诗人吟不倦，岂令寂寞度朝昏。

芍药

学名 *Paeonia lactiflora*，芍药科多年生草本。花一般着生于茎的顶端或近顶端叶腋处，花盘为浅杯状，花径10～30厘米，花瓣可达上百枚，有的品种甚至有880枚，花型多变。花期5～6月，果期8月。原种花白色，园艺品种花色丰富，有白、粉、红、紫、黄、绿、黑和复色等。芍药被称为『五月花神』，还有『花仙』和『花相』的美誉。

其二

蘅芷阶通萝薜门，也宜墙角也宜盆。

花因喜洁难寻偶，人为题秋易断魂。

玉烛滴干风里泪，晶帘隔破月中痕。

幽情欲向嫦娥诉，无奈虚廊夜色昏。

诗里逗漏出她今后的命运走向：虽然有一段美满的婚姻，却会成为"孀娥"守寡，孀娥一般指嫦娥，但也含妇女无配偶寡居的意思；不是像"倩女"那样出于爱情的原因，却也会有一段"离魂"的颠沛流离。我曾提出一个观点，就是《红楼梦》中凡提及月亮，大多在隐喻与"当今"也就是"日"对立的政治势力，全书笼罩在"双悬日月照乾坤"的紧张情势中，而书里的四大家族都属于"义忠亲王老千岁"这边的"月派"，"玉烛滴干风里泪，晶帘隔破月中痕"是在悲叹"月派"的终究失败，导致自己最后也随之沦落。

史湘云咏了三首菊花诗，也隐喻了她后来的命运走向，不过更多地体现出旷达与不屈：

对菊　枕霞旧友

别圃移来贵比金，一丛浅淡一丛深。

萧疏篱畔科头坐，清冷香中抱膝吟。

数去更无君傲世，看来惟有我知音。

秋光荏苒休辜负，相对原宜惜寸阴。

供菊　枕霞旧友

弹琴酌酒喜堪俦，几案婷婷点缀幽。

隔座香分三径露，抛书人对一枝秋。

霜清纸帐来新梦，圃冷斜阳忆旧游。

傲世也因同气味，春风桃李未淹留。

菊影　枕霞旧友

秋光叠叠复重重，潜度偷移山径中。

窗隔疏灯描远近，篱筛破月锁玲珑。

寒芳留照魂应驻，霜印传神梦也空。

珍重暗香休踏碎，凭谁醉眼认朦胧。

在诗社恢复活动后，史湘云是第一个吟柳絮的："时值暮春之际，史湘云无聊，因见柳花飘舞，便偶成一小令。调寄《如梦令》，其词曰：岂是绣绒残吐，卷起半帘香雾。纤手自拈来，空使鹃啼燕妒。且住，且住，莫使春光别去。"说明史湘云确实是一个尽情享受春光，也努力要留住春光的灿烂生命，正所谓"幸生来，英雄阔大宽宏量，从未将儿女私情略萦心上。好一似，霁月光风耀玉堂"。

象征史湘云的花是西府海棠花，其花语在书中有两次凝练的表达。一次是在第四十九回：是真名士自风流！一次是在第六十三回：惟大英雄能本色！

妙玉 篇

白雪越酷，红梅越艳，
救人厄难，度恨菩提。

妙玉的象征：白雪红梅

在前八十回里，妙玉正式出场两次。第一次是贾母带着刘姥姥等一群人去拢翠庵品茶，刘姥姥喝了贾母的剩茶，那盛茶的是极其名贵的成窑茶杯，妙玉嫌刘姥姥弄脏了就不要了，她把黛玉、宝钗带到另室，宝玉跟了去，她的言谈举止非常乖僻，她甚至说黛玉是个"大俗人"。第二次是在第七十六回，那是中秋节深夜，湘云、黛玉在凹晶馆联诗，联到"寒塘渡鹤影""冷月葬花魂"这两句，这时妙玉忽然从山石后转出，把她们二位请到拢翠庵，一口气把全诗续完，真个是"才华阜比仙"！

书中还有几处提到了妙玉，但都是暗写。第四十九回里，写下雪了，宝玉此时欢喜非常，急忙忙赶往芦雪广（这个字不读成现在简化字里那个"广州"的"广"，要读作"演"的音，是古时一种依山傍水的园林建筑）。"出了院门，四顾一望，并无二色，远远的是青松翠竹，自己却如装在玻璃盆内一般。于是走至山坡之下，顺着山脚刚转过去，已闻得一阵寒香拂鼻，回头一看，却是妙玉门前，拢翠庵中有十数株红梅，如胭脂一般映着雪色，分外显得精神，好不有趣。宝玉便住了脚，细细的赏玩一回。"这里写了妙玉的居住环境，她与红梅相伴。

第五十回，芦雪广争联即景诗，宝玉乏善可陈，于是"李纨笑道：'逐句评去都还一气，只是宝玉又落了第了。'宝玉笑道：'我原不会联句，只好担待我罢。'李纨笑道：'也没有社社担待你的。又说韵险了，又整误了，又不会联句了，今日必罚你。我才看见栊翠庵的红梅有趣，我要折一枝来插瓶，可厌妙玉为人，我不理他，如今罚你取一枝来。'"正所谓"过洁世间嫌"，讨厌妙玉为人的岂止李纨。其实妙玉内心是与人为善的，宝玉去庵里乞红梅，妙玉不但没有拒绝他，最后还另送每人一枝红梅。

梅花与兰花、竹子、菊花一起被称为"四君子"，与松、竹并称为"岁寒三友"。在中国传统文化中，梅具有高洁、坚强、谦虚的品格，用它来象征妙玉是合适的。

但是，曹雪芹八十回后的文字俱已丢失，大家从通行本后四十回里看到的妙玉形象，把妙玉糟蹋得不像样子，完全不符合曹雪芹的原笔原意。根据周汝昌先生的探佚，以及我在他指导下的考据，八十回后的妙玉是牺牲自己，成全贾宝玉和史湘云的一个了不起的女性。

妙玉是《金陵十二钗正册》中一个最特别的人物。其余十一钗，要么是四大家族的女子，要么是嫁到四大家族作媳妇的，惟独妙玉两不是。书里的薛宝琴，是四大家族中薛家的小姐，光是前八十回里，戏份就很多，非常出彩，给读者留下难以磨灭的印象，但是，薛宝琴却未能在《金陵十二钗正册》中

梅花的一种，花的红色。梅（学名 Armeniaca mume）是蔷薇科杏属小乔木，稀灌木，高十几米。花朵白色至粉红色，花瓣五片，可栽培供观赏，果实供食用、药用。

但游客观赏，值得注意的是，蜡梅与梅花挨不着同一品种。

雪压红梅

获得一席，妙玉在前八十回里戏份比薛宝琴少，却不仅入了正册，而且还排在第六位，比王熙凤还靠前，这是为什么？

我们先来看看第五回册页上关于妙玉的图画和判词：

后面又画着一块美玉落在泥垢之中。其断语云：欲洁何曾洁，云空未必空！可怜金玉质，落陷污泥中。

还有与妙玉相关的那曲《世难容》：

气质美如兰，才华阜比仙。天生成孤癖人皆罕。你道是啖肉食腥膻？视绮罗俗厌；却不知太高人愈妒，过洁世间嫌。可叹这，青灯古殿人将老，辜负了，红粉朱楼春色阑。到头来，依旧是风尘肮髒违心愿。好一似，无瑕美玉遭泥陷；又何须，王孙公子叹无缘！

仔细读第五回的文字，很有意思。贾宝玉到太虚幻境，警幻仙姑领着他到处游玩，最后警幻仙姑唤出仙境的一些仙女，来跟他见面。仙境里的仙子很多，但他没多写，他就写了最主要的四仙姑，四仙姑排列顺序是这样的："一名痴梦仙姑，一名钟情大士，一名引愁金女，一名度恨菩提。"各个古本在这一点上文字是一致的。实际上曹雪芹是在这个地方点出来，在贾宝玉的一生当中，对他的命运有着重大作用的四个女子。曹雪芹给四仙姑取的这四个名字，影射的就是金陵十二钗正册中的四钗。请注意，我说的是"影射"，不是说四仙姑就是大观园里的四个女子。

那么，四仙姑的名字，是在影射金陵十二钗正册里的哪四个女子呢？

"一名痴梦仙姑"。这不消说，是影射林黛玉。

那么第二位是谁呢？影射的就是金陵十二钗当中的史湘云。

为什么这么说？因为在同一回里面，作者为史湘云所写的判词，及关于史湘云的一首曲里面，就说得很清楚。史湘云是一个什么人呢？这个人，"幸生来，英雄阔大宽宏量，从未将儿女私情略萦心上"，虽然是一个女性，却有男子风度。在贾宝玉最后的岁月中，陪伴他的女性就是史湘云。当然对这个八十回后的探佚是有争议的，但是支撑这种论点的论据也不少。曾经有民国期间的人见到过另外的一种续书，另外的续八十回，就是早期的续书人从八十回往后续的，就和高鹗的大不一样，写到了贾宝玉和史湘云的遇合；还有人看见的更离奇，那续书一开始不是紧接咱们看到的第八十回，一开始他续的第一回，就是贾宝玉和史湘云两个人作为乞丐夫妇，在那儿乞讨，可见这个续书人所看到的古本的最后结尾，就是史湘云和贾宝玉是一对贫贱夫妻，一块儿结伴在那儿讨饭。史湘云在贾宝玉的人生中，实在是太重要了，越到后来越重要。

第三名引愁金女影射的是薛宝钗。这是一个非常美丽、非常有才能，也有思想、有作为的女子，但是她最后也很不幸。虽然她和贾宝玉结合了，但是我们可以从很多线索中得知他们两个并没有真正地过夫妻生活，她等于是守活寡，最后抑郁而死。

第四位度恨菩提是影射谁呢？大家知道菩提是一个佛教用语，也指菩提树，是很珍贵的一个树种。据说当时释迦牟尼就在菩提树下悟道，创建了佛教，所以菩提也有菩萨的意思，延伸开来也指救苦救难一类的意思，或者是佛教教义中觉悟、醒悟的意思。那么，度恨菩提，就是最后引导贾宝玉渡过所有的艰难困苦，最后把恨——情感当中最硬的那一档——都渡过去了，使他进入了一个全新的精神境界的人。这个女性是谁呢？我认为，就是妙玉。

那么，妙玉和贾宝玉之间，究竟是个什么关系，他们之间有没有情爱？

第四十一回，妙玉请人品茶的时候，她把自己用过的一个茶具——绿玉斗——拿来给贾宝玉用。有的人就很敏感，说那么一个爱干净的人，因为刘姥姥喝了一口茶，那么名贵珍稀的成窑茶杯都可以不要了，怎么舍得把自己喝过茶的一个绿玉斗拿给贾宝玉用呢？这是不是意味着妙玉爱贾宝玉？高鹗续《红楼梦》的时候，他就是认定这个行为意味着妙玉暗恋贾宝玉，所以他在续书时，安排了几次妙玉的戏，写妙玉看见贾宝玉就脸红心跳，回到自己的禅房，坐到蒲团上就心猿意马。他顺着这样一个思路往下写，最后给妙玉安排的结局是她对贾宝玉的心猿意马没有结果，却被强盗用闷香给闷晕抢走了，强盗把她抱走以前还对她轻薄了一番，最后她或者就屈从强盗了，或者是不愿意屈从，被强盗杀死了。高鹗这样写，完全不符合曹雪芹的原意。

关于妙玉和贾宝玉之间的关系，贾宝玉的一些话可以使我们洞彻。

贾宝玉过生日，得到妙玉的拜帖之后，想找林黛玉商量怎么回这个拜帖，结果半路上遇见了邢岫烟。贾宝玉和邢岫烟之间有段对话，贾宝玉说"她为人孤高，不合时宜，万人不入她目"，因此贾宝玉对她是了解的，他们两个之间心灵上是相通的，互相是懂得对方是怎么回事的。特别注意"不合时宜"这四个字，书里屡次说她"不合时宜"。而且，贾宝玉还说"她原不在这些人中算"。贾宝玉一天到晚在姊妹当中混，在女儿群当中混，他和大观园这些女儿们不管是主子还是丫头们，都是一天到晚地厮混，在一起过着一种梦一般的生活、诗一般的生活。贾宝玉说妙玉这个人不在这些人中算，不仅是生活方式不在这些人当中算，包括她的心境、她的精神境界，也不在这些人当中算，她是另外一种人。他说"她原是世人意外之人"，世界上的人可能都不理解她，而且她的某种行为会让人感到非常意外，是世人意外之人。这些话都有很深的含义。贾宝玉过生日，为什么妙玉对他这么看重，给他一个拜帖呢？贾宝玉解释说："因取我是个些微有知识的，方给我这帖子。""些微有知识"，请你特别注意这句话，"些微"就是稍稍地，有那么一点儿。有一点儿什么呢？妙玉看上贾宝玉什么呢？是贾宝玉还稍微有点"知识"。这个"知识"和我们今天常说的那个"知识"不是一个概念，今天我们说的"知识"是在现代的白话语境当中表达的那么一个概念，比如我们经常说学知识、用知识，但在《红楼梦》里它不是那个意思。这个"知识"是一种佛家的语言、佛教的语言，就是有悟性，指某个人有一种觉悟，对个人和宇宙、生命和自然、自己和别人，有一种比较透彻的醒悟。当然贾宝玉也觉得自己还醒悟得不够，但是稍微有一点。有一点就行了，妙玉就说看得起你，一万个人我都看不上了，但是你贾宝玉现在的表现，我觉得你"些微有知识"，所以你槛内人过生日，我槛外人要给你下一个祝寿的拜帖。

宝玉在太虚幻境听到的《世难容》曲，曲名本身，就意味着妙玉在这个世界上的生存是非常困难的，这个世界容不了她。曹雪芹写她"气质美如兰，才华阜比仙"，这是两句非常高的评价。所谓"玉精神，兰气息"，是过去古人对女子的一种最高评价。什么叫"阜"？就是丰富、多，多得都溢出来了——她的才华到了这个程度，可以和仙人相比。

她的性格当然比较古怪，叫作"天生成孤僻人皆罕"。人间很少见这种人，万人不入她的眼，能被她看得上是很困难的。她很高傲，但是妙玉的那种高傲、孤僻，不具有破坏性，不具有攻击性。她不妨碍他人和群体的生存，她只是个人的率性，由着自己的性子生活。

往下看，曲里说"你道是啖肉食腥膻？视绮罗俗厌"，这是以唱曲人的口吻来对妙玉说的，说你这个人认为吃肉，吃那些腥的、膻的东西，穿那些绫罗绸缎，是恶俗不堪，你看不起那些人。这个曲里的"你道是"跟下面那个"却不知"，它是两口气，是衔接的，说完"你道是"，然后说"却不知太高人愈妒，过洁世间嫌"，这个话很好懂，前面也讲了她不讨李纨等人的喜欢，不展开分析了。

底下的话值得注意，"可叹这，青灯古殿人将老，辜负了，红粉朱楼春色阑"，拢翠庵是一个古建筑吗？拢翠庵的禅堂是一个古殿吗？不是的。书里写得非常明白，整个大观园它是一个新造的园子，虽然里面使用了一些原来荣国府、宁国府旧有的山石、树木、小的亭台楼阁，将它们加以组合、运用，但是拢翠庵应该和稻香村这些建筑群一样，是新造的，是在元妃省亲之前新造出来的。因此拢翠庵不能说是一个古殿，所以"青灯古殿人将老"这句话说的空间位置，应该不是指大观园的拢翠庵，它指的应该是妙玉当年在江南所住的那个寺庙。妙玉对这个寺庙有所透露，她在品茶的时候说了。她请薛宝钗他们吃梯己茶，用的什么水啊？是旧年蠲的雨水吗？她把旧年蠲的雨水给贾母她们吃，而给薛宝钗、林黛玉和贾宝玉烹茶用的水，是收的梅花上的雪，是什么时候收的呢？是五年前。地点呢？地点是在江南，她说那个时候"我在玄墓蟠香寺住着"。玄墓是一个地名，有这么一个地名，蟠香寺就应该是一个古寺，所以这一句应该是告诉大家，妙玉在蟠香寺曾经有过这样的处境，叫作"青灯古殿人将老"。也可能有人要跟我讨论，说老吗？妙玉到大观园里面的时候是十八岁，五年前，她应该是十三岁，当然不老。但是"人将老"，什么意思？因为在那个社会，十三岁的女孩，如果你家里背景够格的话，就要准备参加选秀女了；如果是一个一般人家的话，这时候也要谈婚论嫁了，那个时代就是这样的。妙玉在蟠香寺住的时候，她的青春岁月匆匆地在流逝。在那个时候，一个女子满了十三岁是一件大事，意味着她离开了少女时期，开始进入更广阔的人生世界。

那么在那个时候，发生了什么事情呢？

下面有一句，就说她"辜负了，红粉朱楼春色阑"，这是什么意思？这"红粉朱楼"显然指的不是大观园里面的那些园林建筑，因为这一句和"青灯古殿"那一句是联属的，说明在她的青春期、少女期，虽然她带发修行，但是有可能，她所居住的那个寺庙、那个古庙，是有红粉朱楼的，有美丽的园林建筑，她有时候也会登到楼上去眺望春色。"春色阑"，"阑"就是快结束了，春天会匆匆地过去。春逝、春将去、送春、春梦随云散，这些都是中国人乃至全球各民族共同的一种对自然界中生命流逝的喟叹。这一句就说明她本身也是一个活泼泼的生命，她肯定有她的芳心，有她的爱情。我认为这两句实际上是点明了妙玉在来到大观园以前的情爱境界，她带发修行是被迫的，是无可奈何的，她有她自己的春心萌动，这两句是写得很清楚的。

所有的这些词句当中争论最大和引起误会最多的是下面一句："到头来，依旧是风尘骯髒违心愿。""骯髒"的简体字为"肮脏"，但是请注意读音，这里读"kǎng zǎng"，而不是"āng zāng"。有人会说，这是不是读错了？高鹗肯定就是这么读，按这么个思路往下写的，不管妙玉在前八十回怎么样，到头来，这个人一定是跟"风尘"沾边。"风尘"不就是妓女的意思嘛，风尘女子，那后来是不是入青楼了？另外，你那么喜欢干净，最后你却很肮脏，违背你原来的心愿了，是不是？这么一读一理解的话，高鹗所续的似乎就都合理了。但是对这一句的理解，我和高鹗之间，或者说很多红学研究者和高鹗之间，存在着重大分歧。

实际上在这一句中，"风尘"并不是那样一种含义，这里的"风尘"就是俗世的意思，就是扰扰人世的意思，是"一路风尘"的那个"风尘"，"风尘仆仆"的那个"风尘"。《红楼梦》第一回回目就是"贾雨村风尘怀闺秀"，那当然不是他在妓院之类的环境里怀念闺秀的意思。他那时还很寒酸，处在风尘仆仆奔前程的人生中途，曹雪芹显然是在很正面地使用"风尘"这个字眼。在甲戌本的楔子里，更明确指出，开卷即云"风尘怀闺秀"，则知作者本意为记述当日闺友闺情。

"肮脏"这两个字在古汉语里面要读"kǎng zǎng"，是不阿不屈的意思，形容一个人很坚强，在很困难的时候也不低头，能够坚持自己的理念，非常倔犟地生存下去。比如说，宋朝的大官文天祥，被建立元朝的人俘虏了，新政权对他劝降很久，用高官厚禄引诱他，但他就是不投降，最后被元朝皇帝处死。文天祥写过一首诗，叫《得儿女消息》，非常有名，里面就有"肮脏（kǎng zǎng）到头方是汉，婷婷更欲向何人"，有的人因为不懂古文，觉得是"肮脏（āng zāng）"，于是就觉得疑惑：怎么能赞美肮脏（āng zāng）到头的人呢？其实，古诗里的这两个字是不屈不阿、不投降、不低头的意思。文天祥会认为一个人从头脏到尾才是一条汉子吗？他可能表达这么一个意思吗？不可能。文天祥的这句诗从来没有被人误解过，传达出的志向和他的人格，和他在历史上的表现是统一的。因此曹雪芹在这儿用的这两个字，就是文天祥当年所用过的那两个字，是不屈不阿的意思。

通过上面的层层分析，我的结论是：妙玉和贾宝玉之间，只是一种高级的精神交流，并没有所谓的爱情关系。

既然如此，为爱而选择终身皈依佛门的妙玉，她所爱的究竟是谁呢？

《世难容》曲最后说"好一似，无瑕美玉遭泥陷；又何须，王孙公子叹无缘！"有人说，读完这个，我就更觉得高鹗写对了，最后她就遭泥陷了，而王孙公子贾宝玉就叹息自己跟妙玉没缘分。贾宝玉当然也够得上一个王孙公子，但这句话里所说的不是贾宝玉，因为在前八十回里面，你找不到贾宝玉觉得自己跟妙玉之间有姻缘，后来因为姻缘不成就叹息的蛛丝马迹。

那么《世难容》曲中的这个"王孙公子"到底指的是何许人也？在《红楼梦》的文本当中，会有这个人的身影吗？

在《红楼梦》的文本里面，正儿八经地写出"王孙公子"四个字的地方是有的。

在第十四回，给秦可卿办丧事的时候，曹雪芹就非常明确地交代："余者锦乡伯公子韩奇、神武将军公子冯紫英、陈也俊、卫若兰等诸王孙公子，不可胜数"。当然有人可能会问了，说这个可能就是随便这么一写吧？拉名单嘛！谁来参加丧事了，王孙公子有什么人，随便一写而已。冯紫英在前八十回正面出场、暗地出场都是有的。"卫若兰"这三个字在前八十回的正文里面只出现过这一次，淡淡地出现，但是卫若兰是一个非常重要的人物，脂砚斋的批语里面一再提到这一点，说在八十回后这将是一个非常重要的人物。例如在第二十六回，脂砚斋批语说："惜卫若兰射圃文字迷失无稿，叹叹！"曹雪芹已经写了，不光是一个构思，八十回后有一回的文字是写卫若兰射圃。什么叫射圃？满族人很讲究习武，像皇家或者贵族家庭除了出外打猎以外，他们有时候还要在自家的花园或者是什么场地练习射箭，叫射圃。第七十五回已经写了贾珍在宁国府天香楼下，邀请世家子弟和富贵亲友来射箭；在八十回后，曹雪芹又写了卫若兰射圃的文字，只可惜迷失无稿了，被借阅者丢失了。在第三十一回又发现一条脂批："后数十回，若兰在射圃所配之麒麟，正此麒麟也。提纲伏于此回中，所谓草蛇灰线，在千里之外。"第三十一回写史湘云在大观园里面走，她的丫头翠缕跟着她，然后她们就捡到了一个金麒麟。史湘云自己身上就戴着一个金麒麟，这时又捡到了一个金麒麟，而且这一回的回目很奇怪，叫作"因麒麟伏白首双星"。因为麒麟这个东西最后伏下一段事，什么事？就是有一男一女，最后他们白头偕老，共度残年。这个情节在后数十回曹雪芹已经写出来了。

那么史湘云所捡到的这个麒麟，是谁佩戴的麒麟呢？就是这个卫若兰。

有的人觉得，写小说嘛，怎么可能连笔下一个名字都打着那么多埋伏呢？曹雪芹下笔，还真有那么厉害，别的人写的别的小说另说，曹雪芹写的《红楼梦》就是这么一部奇书。似乎是他不经意地点那么一笔，出现那么一个名字，嘿，到头来，那就是伏笔，是他别有用意，他的手法就那么高妙，需要细嚼慢咽，才能品出味儿来。所以《红楼梦》为什么是部伟大的小说？仅在设置伏笔方面，就非常了不起。

再来细读第十四回里的这句交代。如果说排在最后的这个卫若兰在八十回后都是一个重要人物，那么陈也俊这个名字，难道就是一个胡乱写出来的名字吗？从太虚幻境四仙姑和《枉凝眉》曲可以判断，史湘云和妙玉是并列的在贾宝玉的一生当中起过重大作用的女性，既然卫若兰和史湘云有关系，那么我觉得这个陈也俊就应该是一个和妙玉有关系的王孙公子。为什么说妙玉"不合时宜"？在那样一个社会，你出家了，带发修行了，你父母又双亡了，你自作主张爱上一个王孙公子，追求彻底的恋爱自由，那是非常出格的。这倒也罢了，很可能还有哪个权贵之门，靠着自己的权势，要强娶妙玉。所以妙玉不是因为政治原因逃避到京城来，投奔到大观园，住进拢翠庵的，她很可能就是为了争取对自己生命的支配自由，要自己决定自己的命运，率性而为，由着自己的性子来生活。所以，她确实是让别人觉得太古怪了，你是一个尼姑，又父母双亡，或者她和陈也俊有恋情的时候父母还在，父母也不会同意，你这样自由恋爱，太出格，太离奇，是不是？但是她坚持自己的情感追求，是一个"肮脏（kǎng zǎng）到头"的奇女子。但是从《世难容》曲来看，她最后没有能够和她所爱恋的王孙公子——很可能就是这个陈也俊——结合在一起。

那么，妙玉为什么那么欣赏贾宝玉呢？因为她在大观园待了一段时间以后，可能就发现贾宝玉和林黛玉的关系不一般。在那个时代，这是很引人注目的。两个人公开地表示心心相印，甚至到了不避嫌的地步。妙玉可能不知道详情，但是她看出这一点，便认为贾宝玉了不起，跟她一样，是"些微有知识"的人，懂得什么叫真正的爱情，懂得一个人应该怎么生活，怎么支配自己。尤其是情感生活，这是绝对神圣不可侵犯的，任何人都不能勉强的。她和贾宝玉之间就是这样一种互相呼应的关系，所以书里好多文字，都是话里有话的。我认为曹雪芹的文笔真是高妙到极点，真是短短的十几个字、几十个字，就一声而两歌、一手而两牍，真所谓一石三鸟，甚至于一石数鸟。

在《红楼梦》版本学的研究领域里面，曾经出现了一件聚讼纷纭的趣事。

20世纪60年代，在南方的扬州，有一个人，姓氏比较怪，姓靖，叫靖应鹍。这个靖先生当时家境已经没落了，自己的生活也很一般，甚至可以说比较困难。他们家祖传下来很多古书，线装书，因为住房狭窄，他就把这些书都堆在顶楼上头。南方的房屋结构，有时候一层上面的屋顶是木板，有一个梯子可以到上面去，上面的空间一般不用来住人，是用来堆放东西的，南方有的地方把它叫作堆房。有一天，他有一个朋友说想借书看，他说你自己上去挑吧。这个人上去一看，就发现一部《石头记》，是手抄本，八十回本《石头记》，就拿回家看了。这个人对《红楼梦》感兴趣，对红学研究也有一定兴趣，他就发现这个本子上的脂评——不说正文，只说它的脂砚斋批语——和当时红学界所公布的一些批语不太一样。同一句批语，它上面或者多一些字，或者少一些字，还有一些批语是红学界所公布的其他版本里面都没有的，是独家批语。于是这个人就拿一个笔记本给抄下来了，抄下来以后，当时他也不知道红学家都住哪儿，但是知道很多都在北京，也知道他们所属的大概机构，比如说文学研究所啊，某某大学啊，于是他就把自己抄录的靖藏《石头记》的这些脂砚斋批语寄给了这些人，当然这个过程在那个时代周转起来是比较迟慢的。红学界专家对这件事很重视，觉得研究《红楼梦》就是要搜集各种《红楼梦》的古本，如今新发现一个手抄本，它上面还有异文——"异"就是"不同的""相异"的那个"异"——特别是有新的脂砚斋批语出现，他们认为这是天大的事。于是，他们就开始跟那个人联系，说能不能够把你们这个《石头记》送到北京来，由我们专家看一下。这个朋友得到这个信以后很高兴，就去找这个靖先生，靖先生也很高兴。在这之前，借书的人看完以后，就把这个书又还给靖先生了，靖先生就让他自己把书放到那个堆房上头去。等到北京要调这部书的时候，他们上楼翻，却怎么都找不到了。靖先生的家人最后说，前些天有人来收废品，靖先生的夫人——她没参与这个事，不知道——就把楼上一批这样的废旧图书论斤卖了。这就是红学版本史上有名的一个靖本谜案。后来引起红学界的争议，说究竟有没有这个东西，有没有这本书？会不会是寄信的人编造出来的一件事情？靖先生和那个人也很着急，他们说楼上所有的书都不能再动，一本本地保存，一本本地检查，最后却发现楼上剩下的这些书都不是什么独特的书，都是别人那儿也有的不稀奇的东西。不过他们在一本书里面发现了一张纸，这张纸是从靖本《石头记》上脱落下来的，这张纸现在还存在，因此就证明这部书是存在过的。他们不可能最后再去假造这么一张纸吧，这张纸上还写了一些字，而且还有一条独特的批语，我在这儿就不细说了。

我为什么说这个靖本《石头记》呢？

因为那位靖先生的朋友从靖本《石头记》中抄录下来的独家批语中，有一条批语涉及到妙玉在八十回后的故事。这是我们在其他版本中都没见过的，惟独在最后当废品卖掉的那部珍贵的手抄本里面才有的。

这个批语，抄录者记录下的文字，错乱不堪，后来经过红学专家仔细校正，才可以读通。批语是在第四十一回，是这样的："它日瓜州渡口，各示劝惩"。"它日"就是以后了，这是在介绍八十回后，脂砚斋所看到的曹雪芹已经写出来的关于妙玉的情节。"瓜州"是长江边上的一个渡口，古代就是一个很有名的渡口，"两三星火是瓜州"，古人有这样的诗句，意思是晚上离它还比较远就能看到它岸上的灯光。"各示劝惩"就比较难懂，但模模糊糊可以知道，这段发生在瓜州的情节里，有"劝告"和"惩罚"的内容。后面又有一句"红颜固不能不屈从枯骨，岂不哀哉？""红颜"应该是指妙玉；"固"是固然的意思；"枯骨"，一把老骨头，显然是对恶势力，而且是对上了年纪的恶势力的一种形容。"岂不哀哉"

就好懂了，整个儿是个悲剧。这条独特的批语就暗示了妙玉在八十回以后的命运，以及她对别人命运所起的作用。

当然这个依据应该说不是一个很坚实的依据：第一，这部靖本《石头记》现在找不到，迷失了。收废品的人是不是就一定把它毁掉了？也难说，也可能碰见一个热爱《红楼梦》的人，留下来读了，秘藏起来了。究竟这部书在现在的中国，在这个世界上还有没有？很难说，无从查证。第二，是不是真有这样一条批语？他们所找到的，留下的那页纸上的批语，可不是这个批语，就连那页纸和那条现在看得见的批语的真伪，现在红学界也看法不一。所以，我只能说我个人相信关于妙玉的这条批语是真实的，如果说是故意作假，单就这条批语而言，我想不出假造它的作案动机。曹雪芹在前面是有铺垫的，当仆人向王夫人讲述妙玉的来历的时候，曾说妙玉的师父圆寂的时候跟她说"不宜还乡"。如果她留在京城的话，她没事儿；她如果还乡的话，对她不利。曹雪芹写林黛玉，也说她三岁时来了个癞头和尚，因为她有病总不见好，那和尚要化她出家，这就跟妙玉幼时的情况很相近。当然她没有出家，但是和尚就说了，她如果想要病好，一生不能听见哭声，而且除了父母之外，外姓亲友一概不能见。结果呢，她还是违背了和尚的警告，见了外姓亲友，寄人篱下，天天以泪洗面，那么，这就不能不是一个悲剧的结局。你可能会觉得，曹雪芹这样写，是在宣扬宿命论，但这也是他的一种艺术手法，就是一个人被警告不能怎么样，生活的逻辑、性格的逻辑却偏偏造成了她逆警告而动，林黛玉是这样，妙玉也是这样。他前面写下师父警告妙玉"不宜还乡"，显然不是废文赘语，又是草蛇灰线，伏脉千里。

在八十回后的情节里，妙玉为什么没有听从她师父的劝告？师父说她"不宜还乡"，在佛教界，一个师父圆寂的时候跟你说的话那是绝对要遵守的，而且书里交代了，她那个师傅会演先天神数，是会算命的，但是妙玉义无反顾，坚决南下。

据我推测，她就是去解救贾宝玉的，并且在那样一个复杂的情况下，她还解救了史湘云。而解救这两人的条件就是必须要屈从"枯骨"，"枯骨"就很残酷地提出来，如果你牺牲自己，我就可以放这两个人一马。这"枯骨"想必是一个权贵，比如忠顺王那样的人，最终她"红颜不能不屈从枯骨"。虽然她有如美玉陷入泥淖，但她是一个很高尚的人，她最后牺牲了自己。所谓"欲洁何曾洁，云空未必空"，并不是说她在那儿假出家、假惺惺、假正经，而是说她最后自愿牺牲，陷落在污泥里面。

那么她是一块碎掉的玉吗？她是一块有污点的玉吗？

曹雪芹在第五回的判词和《世难容》曲里写得很清楚，她是"美玉无瑕"，她是一块美玉陷在了污泥里面，她没有"玉碎"，也就是并没有成为"碎玉"。她以屈从"枯骨"的代价，使贾宝玉和史湘云历经艰难困苦以后重新遇合，得以最后共度残生。你说这样一个女性，多高尚啊！这样一个女性在贾宝玉的一生当中占据一个重要地位，还有什么可怀疑的吗？这样一个女性，你如果看了八十回后的内容，如果真有这样的文字，你就会觉得，她被列为金陵十二钗正册的一个成员当然够格，甚至把她排在第六也是顺理成章的。

　　妙玉的象征是白雪中的红梅，她的花语是：白雪越酷，红梅越艳；救人厄难，度恨菩提！

兰花

兰科植物，全科约有 700 属 20000 种。我国有 171 属 1247 种以及许多亚种、变种和变型。主要分为地生兰、气生兰、腐生兰三大类，喜湿腐。由于地生兰大部分品种原产中国，因此地生兰又称中国兰，并被列为中国十大名花之首。叶基生或茎生，花葶或花序顶生或侧生，花常排列成总状花序或圆锥花序，果实通常为蒴果，其极多种子。

寒兰

贾迎春 篇

我懦弱，我无助，
自怜惜，自芬芳。

象征贾迎春的花：茉莉花

第三十八回写诗社以菊花为题吟诗：

> 湘云便取了诗题，用针绾在墙上。众人看了，都说："新奇
> 固新奇，只怕作不出来。"湘云又把不限韵的原故说了一番。宝
> 玉道："这才是正理，我也最不喜限韵。"林黛玉因不大吃酒，
> 又不吃螃蟹，自命人掇了一个绣墩，倚栏坐着，拿了钓竿钓鱼。
> 宝钗手里拿着一枝桂花，玩了一回，俯在窗槛上掐了桂花蕊掷向
> 水面，引的游鱼浮上来唼喋。湘云出了一会神，又让一回袭人
> 等，又招呼山坡下的众人，只管放量吃。探春和李纨、惜春立在
> 垂柳阴中看鸥鹭。迎春又独在花阴下拿着花针穿茉莉花。

贾迎春在书中戏份不多，大部分情况下她只是一个配角，甚至只是一个背
景人物，直到第七十三回下半回，作者才专门写了"懦小姐不问累金凤"
半回书，算是她的"正传"。她虽也参加诗社活动，但基本上只是在其中
打杂，没写什么诗。在第三十八回，作者却给了她一个特写镜头："迎春
又独在花阴下拿着花针穿茉莉花。"

关于迎春的命运，曹雪芹总强调她不能自主，也放弃自主，她任偶
然因素左右自己，无可奈何。第三十七回，探春发起组织海棠诗社，
迎春担任副社长，负责限韵，这时候她说了一句话，非常重要。她说：

茉莉

"依我说，也不必随一人出题限韵，竟是拈阄的公道。"后来她果然采取了拈阄方式，走到书架前，抽出一本诗来，随手一揭，是一首七言律，这就定下来大家都要写七言律。她掩了书，向一个小丫头道，你随口说一个字来，那丫头正倚门立着，就说了个"门"字，迎春就宣布，大家的七言律都必须用门字韵，十三元。跟着她又要了韵牌匣子来，抽出十三元那一个小抽屉，让那小丫头随手拿四块，结果拿出的是"盆""魂""痕""昏"，于是大家写诗都得用这四个字押韵。这段内容，表面上看起来不过是在写大观园女儿们结社写诗的一些具体过程，其实，曹雪芹是在刻画迎春的性格。像迎春这样的懦小姐，这种同一社会阶层里的弱势存在，她们的惟一向往，只能是在抓阄的过程里抓到个好阄——把自己的命运交给偶然，这是很危险也是很无奈的。

第二十二回，迎春写了一首灯谜诗，谜底是算盘，但诗里所表达的意蕴并不是精于计算或有条有理。她写的四句是："天运人功理不穷，有功无运也难逢。因何镇日乱纷纷，只因阴阳数不同。"贾政虽然猜出来是算盘，但"心内沉思道，娘娘所作爆竹，此乃一响而散之物。迎春所作算盘，是打动乱如麻。探春所作风筝，乃飘飘浮动之物。惜春所作海灯，益发清净孤独。今系上元佳节，如何皆作如此不祥之物为戏耶？"贾

茉
莉

政是越想越闷。我们现在只说迎春，她的命运，就像打动乱如麻的算盘，全是别人算计她，她自己绝不想算计别人，只求能过点清净日子，但是没想到最后所面临的，竟是最残酷的，落得个被中山狼蹂躏、吞噬的结局。

除了算盘诗谜，迎春还有一首诗，就是元妃省亲时，不得不写的一首颂圣诗。她写的那首叫《旷性怡情》："园成景备特精奇，奉命羞题额旷怡。谁信世间有此境，游来宁不畅神思。"她的生活理想，非常单纯，就是希望能在安静中舒畅一下自己的神思，别无所求，她绝不犯人，只求人莫犯她，能够稍微待她好点，她就心旷神怡了，但是，连这样低的一个要求，命运的大算盘也终于还是没有满足她。

想到迎春，我就总忘记不了曹雪芹写她的这个句子："迎春又独在花阴下拿着花针穿茉莉花。"历来的《红楼梦》仕女画似乎都没有表现迎春穿茉莉花这个行为的，如今画家们画迎春多是画一只恶狼扑向她，但是曹雪芹那样认真地写了这一句。闭眼想想，该是怎样的一个娇弱的生命，在那个时空的那个瞬间，显现出了她全部的尊严，而宇宙因她的这个瞬间行为，不也显现出其存在的深刻理由了吗？最好的文学作品，总是饱含哲思，总能把读者的精神境界朝宗教的高度提升。

迎春在《红楼梦》里绝不是一个大龙套。曹雪芹通过她的悲剧，依然是重重地扣击着我们的心扉，他让我们深思，该怎样一点一滴地，从尊重弱势生命做起，来使人们的生活更合理，更具有诗意。那些喜爱《红楼梦》的现代年轻女性们啊，你们当中有谁，会为悼怀历代那些像迎春一样美丽而脆弱的生命，像执行宗教仪式那样，在柔慢的音乐声中，虔诚地用花针穿起一串茉莉花来呢？

与贾迎春关系密切的花：蓼花

第十八回写了元妃省亲时给大观园里的建筑赐名的情形：

元妃乃命传笔砚伺候，亲搦湘管，择其几处最喜者赐名。按其书云：

顾恩思义（额匾）

天地启宏慈，赤子苍头同感戴；

古今垂旷典，九州万国被恩荣。

蓼花

一种蓼科植物开的花。蓼科约50属，1150种，世界性分布，我国约有235种，产于全国各地。草本稀灌木或小乔木，茎直立、平卧、攀援或缠绕，通常具膨大的节。花序穗状、头状或圆锥状，顶生或腋生。花较小，白色或浅红色。常生长在水田，沟渠或湿地，其中有些供食用和观赏，有些入药。

此一匾一联书于正殿。大观园，园之名。"有凤来仪"赐名曰"潇湘馆"。"红香绿玉"改作"怡红快绿"，即名曰"怡红院"。"蘅芷清芬"赐名曰"蘅芜苑"。"杏帘在望"赐名曰"浣葛山庄"。正楼曰"大观楼"。东面飞楼曰"缀锦阁"，西面斜楼曰"含芳阁"，更有"蓼风轩""藕香榭""紫菱洲""荇叶渚"等名。又有四字的匾额十数个，诸如："梨花春雨""桐剪秋风""荻芦夜雪"等名，此时悉难全记。又命旧有匾联者，俱不必摘去。于是先题一绝云：衔山抱水建来精，多少工夫筑始成！天上人间诸景备，芳园应锡大观名。

这段叙述里出现了"蓼风轩"，此园林显然建筑在有蓼花的水边，而且应该靠近贾迎春居住的紫菱洲。

第七十九回写贾迎春误嫁了中山狼孙绍祖：

宝玉却未会过这孙绍祖一面的，次日只得过去，聊以塞责。只听见说娶的日子甚急，不过今年就要过门的。又见邢夫人等回了贾母，将迎春接出大观园去等事，越发扫兴了。每日痴呆呆的不知作何消遣，又且听说赔四个丫头去，更又跌足自叹道："从今后这世上又少了五个清洁人了。"因此天天到紫菱洲一带地方徘徊瞻顾，见其轩窗寂寞，屏帐儼然，不过只有几个该班上夜的老妪，再看那岸上的蓼花苇叶，池内的翠荇香菱，也都觉摇摇落落，似有追忆故人之态，迥非素常逞妍斗色之可比。既领略得如此寥落恓惨之景，是以情不自禁，乃信口吟成一歌曰：

池塘一夜秋风冷，吹散芰荷红玉影。

蓼花菱叶不胜愁，重露繁霜压纤梗。

不闻永昼敲棋声，燕泥点点污棋枰（枰）。

古人惜别怜朋友，况我今当手足情。

此时，贾宝玉是把蓼花苇叶一起收入眼底的。芦苇确实是经常与蓼花一起生长在水域边的，明代王夫之有阕吟蓼花的词——《忆秦娥》，也提及芦花：

秋江渺，秋心独展幽芳悄。幽芳悄，护臂纱轻，注唇丹小。

芦花风乱汀洲绕，采芳人远知音少。知音少，几叶渔船，一轮残照。

象征贾迎春的是茉莉花，她的花语是：我懦弱，我无助；然而花阴下穿茉莉花的我，也是宇宙间一个有尊严的小小生命，自怜惜，自芬芳！

芦苇

学名 *Phragmites communis*，禾本科多年水生或湿生的高大禾草，根状茎十分发达。秆直立，高 1 ~ 3 米，具 20 多节。叶片披针状线形，无毛。圆锥花序大型，分枝多数；小穗无毛；内稃两脊粗糙；花药黄色；颖果长约 1.5 毫米。在开花季节特别漂亮，可供观赏。芦苇可以净化污水，其茎秆是造纸工业中不可多得的原材料。

芦苇

贾惜春

不作狠心人，
难得自了汉。

惜春不想戴花

　　书里有几处提到贾惜春在大观园里的住处。第二十三回说她住了爆香坞，但到第三十七回，写成立诗社，各人要取笔名，"李纨道：'二姑娘、四姑娘起个什么？'迎春道：'我们又不大会诗，白起个号作什么！'探春道：'虽如此，也起个才是。'宝钗道：'他住的是紫菱洲，就叫他菱洲。四丫头在藕香榭，就叫他藕榭就完了。'"这里又说她住在藕香榭。在古代社会，荷花常常被称为藕花，这里的藕香榭大概是与荷花有关。

　　第三十八回有关于藕香榭的具体描写：

　　　　原来这藕香榭盖在池中，四面有窗，左右有回廊可通，亦是跨水接峰，后面又有曲折竹桥暗接。众人上了竹桥，凤姐忙上来搀着贾母，口里说："老祖宗只管放大步走，不相干的，这竹子桥规矩是咯吱咯喳的响。"一时进入榭中，只见拦干外另放着两张竹案，一个上面设着杯箸酒具，一个上头设着茶筅茶杯各色茶具。那边有两三个丫头煽风炉煮茶，这一边另外几个丫头也煽风炉烫酒呢。贾母欢喜道："这茶想的到且是地方，东西都干净。"湘云笑道："这是宝姐姐帮着我预备的。"贾母道："我说这孩子细致，凡事想的妥当。"说着又看见柱上挂的黑漆嵌蚌的对子，命人念。湘云念道："芙蓉影破归兰桨，菱藕香深写竹桥。"贾母听了，又抬头看匾，因回头向薛姨妈道："我先小时，家里也有这么一个亭子，叫做什么枕霞阁。我那时也只像他们这么大年纪，同姊妹们天天顽去。那日，谁知我失了脚掉下去，几乎没淹死，好容易救了上来，到底那木钉把头碰破了。如今这鬓角上那指头顶大一块窝儿就是那残破了。众人都怕经了水，又怕冒了风，都说活不得了，谁知竟好了。"凤姐不等人说，先笑道："那时要活不得了，如今这么大福可叫谁享呢？可知老祖宗从小儿的福寿就不小。神差鬼使碰出那个窝儿来，好盛福寿的。寿星老儿头上原是一个窝儿，因为万福万寿盛满了，所以到凸高出些来了。"未及说完，贾母与众人都笑软了。

从这段描写看，藕香榭是一处大家都可以去赏玩的园林建筑，不像是住人的地方。

第五十回，写贾母要看惜春画的大观园行乐图：

过了藕香榭，穿入一条夹道，东西两边皆有过街门，门楼上里外皆嵌着石头匾。如今进的是西门，向外的匾上凿着"穿云"二字，向里的凿的"度月"两字。来至当中向南的正门，贾母下了轿，惜春已接了出来。从里游廊过去，便是惜春卧房，门斗上有"暖香坞"三个字。早有几个人打起猩红毡帘，已觉温香拂脸。

可见薛宝钗说"四丫头在藕香榭"是一种不准确的表达，藕香榭、暖香坞应该是一组相关联的园林建筑。贾惜春的居所，准确地说，应该是暖香坞，荷花并不是她的象征。

七叶树

学名 *Aesculus chinensis*，无患子科落叶乔木，可高达25米，树皮深褐色或灰褐色，小枝、圆柱形，黄褐色或灰褐色。掌状复叶，由5～7片小叶组成，叶柄长10～12厘米。花序圆筒形，连同长5～10厘米的总花梗在内共长21～25厘米。果实球形，杂性，雄花与两性花同株，种子可作药用或榨油制造肥皂。木材细密，可制造各种器具。或倒卵圆形。种子可作药用或榨油制造肥皂。

第七回写王夫人的陪房周瑞家的，遵薛姨妈之命去分送宫花。惜春对花的态度是排拒的："只见惜春正同水月庵的小姑子智能儿两个一处顽笑，见周瑞家的进来，惜春便问他何事，周瑞家的便将花匣打开，说明原故。惜春笑道：'我这里正和能儿说，我明儿也剃了头同他作姑子去呢，可巧又送了花儿来。若剃了头，把这花可带在那里！'说着，大家取笑一回。惜春命丫鬟入画来收了。"这是一个重要的伏笔，预示贾惜春最后的归宿是削发为尼。

在《金陵十二钗正册》里，惜春那一页上画的是"一座古庙，里面有一美人在内看经独坐。其判云：勘破三春景不长，缁衣顿改昔年妆。可怜绣户侯门女，独卧青灯古佛傍。"她后来不仅削发为尼，而且终日穿着缁衣，就是黑颜色的尼姑服。

书里贾府四位小姐的首席丫头，名字末尾的一个字连起来是"琴棋书画"：元春的丫头是抱琴，说明元春会抚琴；迎春的丫头是司棋，说明迎春会下棋；探春的丫头是待书，说明探春会书法；惜春的丫头是入画，说明惜春会画画。第四十回，贾母命令惜春画大观园行乐图。第四十二回里，大家讨论这事：

宝钗道："我有一句公道话，你们听听。四丫头虽会画，不过是几笔写意，如今画这园子，非离了肚子里有几幅邱壑的如何成得？"……惜春道："我何

从有这些画器，不过写字的笔画画罢了。就是颜色，只有赭石、

广花、藤黄、䰄赲这四样，再有不过是两枝着色笔就完了。"

可见惜春平时作画，不过是画几笔写意小品，也许会画花卉，但没有特别

写出惜春对什么花有兴趣。

与贾惜春相关的花：婆娑树开的花

第五回里，与惜春相关的那首《虚花悟》里，有花出现：

将那三春看破，桃红柳绿待如何。把这韶华打灭，觅那清淡天

和。说什么，天上夭桃盛，云中杏蕊多！到头来，谁见把秋挨过？

则看那，白杨村里人呜咽，青枫林下鬼吟哦。更兼着，连天衰草遮

坟墓。这的是，昨贫今富人劳碌，春荣秋谢花折磨。似这般，生关

死劫谁能躲？闻道说，西方宝树唤婆娑，上结着长生果。

惜春把桃花、柳花都排拒了，白杨、青枫这两种植物又是以反面角色登

场，唯有一种植物为惜春所推崇，那就是婆娑树。

婆娑树可说是佛门的一种标志。据古老传说，佛教创始人释迦牟尼

是在尼泊尔兰毗尼花园的一棵菩提树下诞生的；长大悟道后用贝叶树叶

片刻写经文，传播天下，普渡众生；后于80岁高龄时在印度拘尸那迦城

外小河边一片茂盛的婆娑林中的两株婆娑树之间的吊床上涅槃的。所以

婆娑树与菩提树、贝叶树被佛家合称为"佛国三宝树"。

通常人们认为婆娑树又名娑罗树，就是七叶树。另一种观点是：婆娑树和七叶树不是同一品种，我国很多寺院栽种的不是婆娑树，而是七叶树。如果是这样，那么七叶树也算与佛门息息相关了，相当于中国的"婆娑树"。

《红楼梦》里第十八回也提到过贝叶，一个仆人跟王夫人汇报说，有个带发修行的尼姑，"今年才十八岁，法名妙玉。如今父母俱已亡故，身边只有两个老嬷嬷，一个小丫头伏侍，文墨也极通，经文也不用学了，模样儿又极好。因听见长安都中有观音遗像并贝叶遗文，去岁随了师父上来，现在西门外牟尼院住着。"可见用贝叶抄录的佛经非常贵重。

贾惜春对世俗的花，无论真花还是假花，都不感兴趣，她心目中唯一尊重的花是婆娑花，那婆娑花就是她的象征，她的花语是：古人曾也说的，"不作狠心人，难得自了汉"，我清清白白的一个人，为什么叫你们带累坏了我？

菩提树

学名 Ficus religiosa，桑科大乔木。叶革质，三角状卵形。花期3~4月，果期5~6月。在印度，无论是耆那教，佛教还是婆罗门教，都将菩提树视为神圣之树。

贝叶树

棕榈贝叶棕，学名 Corypha umbraculifera，植株高大粗壮。叶大型，呈扇状。花序顶生，高4~5米或更高。经历一次开花结果后便死去，生命周期为45~60年。在印度和我国云南（傣族）有用贝叶刻写的佛经，俗称贝叶经。

菩提树

王熙凤

满地黄花满眼金，
机关算尽枉聪明。

凤仙花可不是王熙凤的象征

《红楼梦》前八十回里，没有一段文字特别明确地表现王熙凤与某种花有特殊关系。有人说象征王熙凤的花是凤仙花，大概是因为她的名字里有一个凤字，但这"凤"，在第五回贾宝玉所看到的《金陵十二钗正册》册页里，意思很明确：

> 后面便是一片冰山，上有一只雌凤。其判曰：凡鸟偏从末世
>
> 来，都知爱慕此身才；一从二令三人木，哭向金陵事更哀。

可见王熙凤名字里的"凤"，是指动物而非植物。具体来说，指凤凰，按说雌凤应该写成凰。

那么，为什么给她取名为"凤"呢？

书里交代她打小被当作男孩子养，因此取的是男子的名字。第五十四回写过年时开宴，请女先儿讲评书，那女先儿道："这书上乃是说残唐之时，有一位乡绅，本是金陵人氏，名唤王忠，曾作过两朝宰辅，如今告老还家，膝下只有一位公子，名唤王熙凤。"引出哄笑，王熙凤并不在意，说"重名重姓的多呢"，贾母就借此机会"破陈腐旧套"。由此可见王熙凤是古时常见的男子名字。

书里另有以凤仙花为象征的女子。凤仙花与小姑娘们关系更密切，而王熙凤在故事开始时已经是个掌握荣国府府务的管家媳妇了。第三回她这

黄花菜

学名 Hemerocallis citrina，又名金针菜、柠檬萱草，阿福花科多年生草本宿根植物。植株一般较高大，花多朵，最多可达100朵以上。花被淡黄色，有时花蕾顶端带黑紫色。蒴果钝三棱状椭圆形，长3～5厘米。种子约20多个，黑色，有棱。黄花经过蒸、晒，加工成干菜，有健胃、利尿、消肿等功效。

样出场：

　　一语未了，只听得后院中有人笑声说："我来迟了，不曾迎接远客。"黛玉纳罕道："这里人个个皆敛声屏气，恭肃严整如此，这来者系谁，这样放诞无礼？"心下正想时，只见一群媳妇丫头围拥着一个人，从后房门进来。这个人打扮与众姊妹不同，彩绣辉煌，恍如神妃仙子。头上带着金丝八宝攒珠髻，绾着朝阳五凤挂珠钗，项上带着赤金盘螭璎珞圈，裙边系着豆绿宫绦双衡比目玫瑰佩，身上穿着缕金百蝶穿花大红洋缎窄裉袄，外罩五彩刻丝石青银鼠褂，下着翡翠撒花洋绉裙。一双丹凤三角眼，两湾柳叶掉梢眉，身材窈窕，体格风骚，粉面含春威不露，丹唇未启笑先开。黛玉连忙起身接见。贾母笑道："你不认得他，他是我们这里有名的一个泼皮破落户儿，南省俗谓作辣子，你只叫他凤辣子就是。"黛玉正不知以何称呼，只见众姊妹都忙告诉他道："这是琏二嫂子。"黛玉虽不识，亦曾听见母亲说过，大舅舅贾赦之子贾琏，娶的就是二舅母王氏之内侄女，自幼假充男儿教养的，学名叫王熙凤。黛玉忙陪笑见礼，以嫂呼之。

黄花菜

王熙凤穿戴极其华美，袄上有百蝶穿花的美丽图案，但没有写明蝴蝶穿飞在哪些花卉中。

第六回写刘姥姥一进荣国府，几经周折总算见到王熙凤尊真佛：

> 那凤姐儿家常代着秋板貂鼠昭君套，围着攒珠勒子，穿着桃红撒花袄，石青刻丝灰鼠披风，大红洋绉银鼠皮裙，粉光脂艳，端端正正坐在那里，手内拿着小铜火箸儿，拨手炉内的灰。平儿站在炕沿边，捧着一个小小的填漆茶盘，盘内一小盖钟。

凤姐的服装桃红配石青，既惹眼又和谐，但也没有说明服装上绣的是什么花。

第二十八回写宝玉吃了茶出来，一直往西院来。可巧走到凤姐儿院门前，只见凤姐站着，蹬着门槛子，拿着耳挖子剔牙，看着小子们挪花盆呢。所挪的应该不是空花盆，而是开着盆栽花的花盆，凤姐作为府里管家，有时候也需要指挥花盆的摆放，那样的贵族人家，常需要使用很多花盆摆成花阵，甚至垒成花山。但此处描写也没有明确指出花盆里是些什么花。

象征王熙凤的是黄花菜

如果对文本进行更加细致地阅读，就会发现在第十一回里，作者通过一阕小令表达了王熙凤在宁国府里的观景：

凤姐儿带领跟随来的婆子、丫头并宁府的媳妇婆子们，从里头绕进园子的便门来。但见：黄花满地，白柳横坡。小桥通若耶之溪，曲径接天台之路。石中清流激湍，篱落飘香。树头红叶翩翩，疏林如画。西风乍紧，初罢莺啼。暖日当暄，又添蛩语。遥望东南，建几处依山之榭；纵观西北，结数间临水之轩。笙簧盈耳，别有幽情。罗绮穿林，倍添韵致。

王熙凤首先看到的是满地的黄花。菊花固然有时候也被称为黄花，但我认为，此处所写到的令王熙凤觉得格外醒目的黄花，指的应该是黄花菜。

也有人觉得此处黄花指的是萱草。

在中国的文化意象里，萱草代表母亲和孝亲。《诗经》疏称："北堂幽暗，可以种萱。"古时候，母亲居屋门前往往种有萱草，人们雅称母亲所居为萱堂，于是萱堂也代称母亲。萱草的另一称号为忘忧草，来自《博物志》中："萱草，食之令人好欢乐，忘忧思，故曰忘忧草。"民间有一种传说，当妇女怀孕时，在胸前插上一枝萱草花就会生男孩，所以萱草又叫宜男草。

在《红楼梦》第三回，写林黛玉进入荣国府时的场景：

进入堂屋中，抬头迎面先看见一个赤金九龙青地大匾，上写着斗大的三个大字是"荣禧堂"。后有一行小字，某年月日书赐荣国公贾源，又有"万几宸翰之宝"。

书里这样写，是有物件原型的。康熙皇帝南巡，在江宁织造府，见到曹寅母亲孙氏，孙氏曾是康熙小时的教养嬷嬷，见到孙氏色喜，当时庭院里萱花盛开，康熙皇帝就为曹雪芹祖父曹寅题写了"萱瑞堂"的大匾。《红楼梦》的特殊艺术手法就是"真事隐，假语存"，这里用"荣禧堂"的假语存下"萱瑞堂"的真事，就是一例。

书里的王熙凤是个塑造得非常丰满的艺术形象，既有热心肠，也做狠毒事。黄花菜满地开放时，很漂亮，也很震撼，似乎与王熙凤有某种关系，我们无妨以它作为王熙凤的象征。

《红楼梦》是对青春女性的一阕挽歌。作者通过贾宝玉宣称："女儿是水做的骨肉，男人是泥做的骨肉。"

第五十九回，更由怡红院的小丫头春燕宣示出来：

> 怨不得宝玉说，"女孩儿未出家，是颗无价的宝珠，出了嫁，不知就怎么变出许多的毛病来，虽是颗珠子，却没有光彩宝色，是颗死的了，再老老，更变的不是珠子，竟是鱼眼睛了。分明一个人，怎么变出三样来？"

贾宝玉的意思是没有离开闺房嫁人的青春女性，没有或很少受到那个时代那个社会主流意识形态（指追求"仕途经济"，即追求富贵钱财）污染，以生命的本真示人，活泼烂漫，一派天籁，如同是颗无价的珠宝；一出了嫁，就会跟着丈夫，一起在主流社会意识形态的支配下，去图权势图财富，就会生出许多的坏毛病来；那么出了嫁的妇女再老了，灵魂中占主导地位的就基本上全是些腐朽的东西，而做出来的事情，也就与善良、宽容、人道越来越背离。王夫人就是最明显的例子，乍看似乎还是珠子，细观分明是发出腐臭气息的死鱼眼睛了！书里的王熙凤就处在中间这种状态，还留存着一些青春女性的优点，但毛病却越来越凸显。

关于王熙凤的判词中那句"一从二令三人木"，揭示出了她和丈夫贾琏关系的三个阶段：第一阶段是贾琏怕老婆，对她言听计从；第二阶段，她暴露出越来越多的糗事恶行，贾琏抓住她的把柄，就不怕她了，对她不客气了，对她喝来令去；到第三个阶段，就把她"三人木"了，"人木"是拆字法，合起来就是"休"字，封建社会丈夫可以把妻子休掉。

与王熙凤关联的花是黄花菜开的花，她的花语是：满地黄花满眼金，机关算尽枉聪明！生前心已碎，死后性灵空！家富人宁，终有个，家亡人散各奔腾！枉费了，意悬悬半世心！

萱草

学名 *Hemerocallis fulva*，又名忘忧草，阿福花科植物。根近肉质，中下部有纺锤状膨大；叶一般较宽；花早上开晚上凋谢，无香味，桔红色至桔黄色，内花被裂片下部一般有∧形彩斑。花果期为5—7月。萱草的花瓣类似百合花瓣，花瓣柔美。

巧姐 篇

幸娘亲积得阴功，
劝人生扶危济困。

象征巧姐的是佛手花

作者把巧姐也安排进《金陵十二钗正册》，大概是为了让金陵十二钗的阵容立体化一点，不必都是一个辈分的吧。在前八十回里，巧姐的戏份不多。巧姐这个名字，是故事发展到第四十二回的时候，王熙凤求刘姥姥给取的。此前书里绝大多数情况下，都把王熙凤这个女儿称作大姐儿，但在第二十九回，写荣国府女眷们几乎倾巢而出，去往清虚观打醮，有的版本上写着"奶子抱着大姐儿带着巧姐儿坐车"，那显然不合理，应该是曹雪芹虽然完成了全书一百零八回的书稿，但是还来不及剔除某些前后不一致的毛刺造成的，王熙凤只有一个女儿，没取名前就叫大姐儿，刘姥姥给取名后就叫巧姐。

第五回里关于巧姐的图画和判词是：

后面又有一座荒村野店，有一美人在那里纺绩。其判曰：事败休云贵，家亡莫论亲。偶因济刘氏，巧得遇恩人。

关于巧姐的那一曲叫《留余庆》：

留余庆，留余庆，忽遇恩人。幸娘亲，幸娘亲，积得阴功。劝人生，济困扶穷。休似俺那银钱上，忘骨肉的狠舅奸兄！正是乘除加减，上有苍穹。

图画、判词和唱曲都预示，在贾府败落后，刘姥姥救出了巧姐。历来

学名 *Citrus medica*，芸香科柑橘属植物，是香橼的变种之一。各鉴官形为与香橼难以区别，柑子房在花柱脱落后分裂，在果的发育过程中成为手指状肉条。手指肉条挺直或舒展的称开佛手；闭合如拳的称闭佛手，或称合拳，举佛手、握佛手。果皮甚厚，通常无种子。佛手的香气比香橼浓，久置更香。花、果胴与香橼同，长江以南各地有栽种。

的读者都会琢磨两个问题：巧姐后来嫁给了农村里的谁？"俺那银钱上，忘骨肉的狠舅奸兄"是谁？

第四十一回写贾母带刘姥姥逛大观园时，"忽见奶子抱了大姐儿来，大家哄他顽了一回。那大姐儿因抱着一个大柚子顽的，忽见板儿抱着一个佛手，便也要佛手。丫嬛哄他取去，大姐儿等不得，便哭了。众人忙把柚子与了板儿，将板儿的佛手哄过来与他才罢。那板儿因顽了半日佛手，此刻又两手抓着些面果子吃，又忽见这柚子又香又圆，更觉好顽，且当球踢着顽去，也就不要那佛手了。"古本里这个地方有条脂砚斋批语："小儿常情，遂成千里伏线。"

表面上写两个烂漫的孩童，一个见了对方手里的佛手就觉得稀奇，想要，一个换来柚子后觉得可以当球踢，也就高兴起来，似乎都不过是"小儿常情"，其实是"千里伏线"。在八十回后，曹雪芹会写到刘姥姥在危难中救出了巧姐，把她带回农村，后来她就嫁给了板儿，成为一个乡野的农妇。

那么究竟谁是那银钱上忘骨肉的狠舅奸兄呢？

狠舅不难确定，书里写到王熙凤有个兄弟叫王仁，谐音"忘仁"。贾府败落，王熙凤后来被关到监牢里，王仁将巧姐领走，本应好生抚养这个外甥女，却贪图银钱，将她卖到妓院。为了救出巧姐，就必须筹措出一笔银钱，将她从妓院赎

佛手

出。那么是哪位堂兄弟昧良心，明明能拿出银子，就是一毛不拔，成为被人唾骂的奸兄呢？通行本续出的四十回里，写奸兄是贾芸和贾蔷，完全不符合曹雪芹的原笔原意。真正的那个奸兄，我将在下一篇中揭晓。

与巧姐相关的花应该是暗紫红色的佛手花，她的花语是：幸娘亲积得阴功，劝人生扶危济困！

李纨 篇

老梅伴着茂兰开，
哪管他人兴与衰。

象征李纨的是老梅

有论家认为李纨是个完美的人物。从前八十回看，她确实表现很好，一方面遵从封建礼教的规范，对祖辈公婆十分孝顺，为亡夫认真守寡，另一方面对兄弟姊妹都很友善，陪他们赏花吟诗。

在第六十三回，写轮到李纨抽花签，"摇了一摇掣出一根来，一看笑道：'好极，你们瞧瞧，这劳什子竟有些意思。'众人瞧那签上画着一枝老梅，是写着'霜晓寒姿'四字。那一面是诗，云：竹篱茅舍自甘心。注云：自饮一杯，下家掷骰。李纨笑道：'真有趣，你们掷去罢，我只自吃一杯，不问你们的兴与衰。'"这老梅应该不是红梅，而是色彩素淡的白梅。签上诗句出自宋朝王琪："不受尘埃半点侵，竹篱茅舍自甘心。只因误识林和靖，惹得诗人说到今。"第三句提到的林和靖是指北宋著名隐逸诗人林逋，后人也称之为和靖先生。林逋隐居西湖孤山，终生不仕不娶，惟独喜欢种梅养鹤，自谓"以梅为妻，以鹤为子"，人称"梅妻鹤子"。

中国古典文化里对梅花十分推崇。宋朝张功甫撰写的《梅品》专门介绍如何欣赏梅花，说赏梅有二十六宜：淡云、晓日、薄寒、细雨、轻烟、佳月、夕阳、微雪、晚霞、珍禽、孤鹤、清溪、小桥、竹边、松下、明窗、疏篱、苍崖、绿苔、铜瓶、纸帐、林间吹笛、膝下横琴、石枰下棋、扫雪煎茶、美人淡妆簪戴。在这些情况下，对梅的欣赏更富有诗情画意。

关于赏梅，还有"四贵四不贵"的说法：贵疏不贵繁，贵合不贵开，贵瘦不贵肥，贵老不贵新。指出梅的枝干以苍劲嶙峋为美。遒劲倔强的枝干形若游龙，缀以数朵凌寒傲放的淡梅，兼覆一层薄雪，正如一幅写意的水墨画，展示了老梅的铮铮傲骨。

据书里第四回交代：

原来这李氏乃贾珠之妻，虽然亡夫，幸存一子，取名贾兰，今已五岁，已入学攻书。这李氏亦系金陵名宦之女，父名李守中，曾为国子监祭酒。族中男女无有不诵诗读书者。至李守中承继以来，便说女儿无才便有德，故生了李氏时，便不十分令其读书，只不过将些《女四书》《列女传》《贤媛集》等三四种书，使他认得几个字，记得前朝这几个贤女传罢了，却只以纺绩针指为要。因取名为李纨，字宫裁。因此这李纨虽青春丧偶，且身处于膏粱锦绣之境，竟如槁木死灰一般，一概无见无闻，惟知侍亲养子，外则陪侍小姑等针绣诵读而已。

第七回有这样的文字：

薛姨妈道："把那匣子里的花儿拿来。"香菱答应了，向那边捧了个小锦匣来。薛姨妈乃道："这是

指树龄较长的梅树。梅花除了露地栽培供观赏，还可以培育梅桩，作为盆花观赏。梅桩一般从树桩开始培育，虬枝显得苍劲有力，形态特别。正是赏梅『贵老不贵新』的趣味所在。

老
梅

宫里头做的新鲜样法，堆纱花十二枝。昨儿我想起来，白放着可惜了儿的，何不给他们姊妹们带去。昨儿原要送去的，偏又忘了。你今儿来的巧，就带了去罢。你家的三位姑娘，每人两枝。下剩六枝，送林姑娘两枝，那四枝给了凤哥儿罢。"……那周瑞家的又和智能儿劳叨了一回，方往凤姐处来。穿夹道从李纨后窗下过，越西花墙出西角门，进入凤姐院中。

有的版本，还写明周瑞家的路过李纨住处后窗时，隔窗看见李纨歪在炕上睡觉。

薛姨妈赠宫花，为什么不赠李纨？

就因为李纨是个寡妇，按那个时代的礼教规范，寡妇是不能戴花的。

第七十五回写抄检大观园后尤氏和小姑子惜春有所冲突，来到李纨居所，心情非常郁闷：

尤氏仍出神无语。跟的丫头媳妇们因问："奶奶今日中晌尚未洗脸，这会子趁便可净一净好？"尤氏点头。李纨忙命素云来取自己妆奁。素云一面取来，一面将自己的脂粉拿来，笑道："我们奶奶就少这个。奶奶不嫌臜，这是我的，能着用些。"李纨道："我虽没有，你就该往姑娘们那里取去。怎么公然拿出你的来？幸而是他，若是别人，岂不恼呢！"尤氏笑道："这又何妨，自来我凡过来，谁的没使过！今日忽然又嫌臜了？"

这段文字也可证明，李纨青春守寡，被迫放弃涂脂抹粉。

书里安排李纨后来住进大观园里的稻香村。在第十七回写贾政带着宝玉等初游大观园时，这样勾勒后来被命名为稻香村的那一处景象："一面走，一面说，正走之间，见前面傺尔青山斜阻，转过山怀中，隐隐露出一带黄泥筑就矮墙，墙头皆用稻茎掩护。有几百株杏花，开的如喷火蒸霞一般。里面数间茅屋。外面却是桑、榆、槿、柘各色树稚新条，随其曲折，编就两溜青篱。篱外山坡之下，有一土井，傍有桔槔辘轳之属。下面分畦列亩，佳蔬菜花，一望漫然无际。""几百株杏花，开的如喷火蒸霞一般"，是一种青春活力旺盛的象征。所谓"竹篱茅舍自甘心"，其实意味着住进这处田庄的李纨经受着一种自我压抑和非人道的煎熬，直到逼迫自己如同"槁木死灰"一般。

　　第五回写《金陵十二钗正册》里，李纨的那一页，"画一盆茂兰，傍有一凤冠霞帔的美人。也有判云：桃李春风结子完，到头谁似一盆兰？为冰为水空相妒，枉与他人作话谈！"这是在预言她后来的命运轨迹。

　　后面的《晚韶华》曲，把她的结局透露得淋漓尽致："镜里恩情，更那堪梦里功名！那美韶华去之何迅！再休提绣帐鸳衾。只这带珠冠，披凤袄，也抵不了无常性命。虽说是，人生莫受老来贫，也须要阴骘积儿孙。气昂昂头带簪缨，气昂昂头带簪缨，光闪闪腰悬金印。威赫赫爵位高登，威赫赫爵位高登，昏惨惨黄泉路近。问古来将相可还存？也只是虚名儿与后人钦敬。"

　　这就说明，在曹雪芹总体构思里，李纨并非完美人物，她后来竟"枉与他人作话谈"！有的版本这句是"枉与他人作笑谈"，据说到头来她会遭人说闲话，当然不是什么好话，甚至会遭人嘲笑。《晚韶华》曲里更谴责她"虽说是，人生莫受老来贫，也须要阴骘积儿孙"，对比册页里巧姐那一页，说"幸娘亲，积得阴功。劝人生，济困扶穷"，等于说李纨简直不像话，不积阴功，不能济困扶穷，因此她坚持守节，把儿子贾兰培养成中武举的将官，却并未能享福，"昏惨惨黄泉路近"，"也只是虚名儿与后人钦敬"。

这是怎么回事呢？

显然，涉及李纨的这些不完美，甚至不光彩的故事情节，应该都写在八十回以后。其实在第六十三回抽到老梅花签后，李纨说的一句"不问你们的兴与衰"就是一个伏笔，八十回后贾府败落，有的生命处于极度凶险中，李纨果然不问其兴衰。

那么，究竟应该如何评价李纨呢？

关于李纨的判词，头两句"桃李春风结子完，到头谁似一盆兰"好懂。贾珠死后，李纨把全副精力都投入到对贾兰的培养上，这是可以理解的。她对贾兰的培养是全方位的，不仅督促他读圣贤书，为科举考试做案头准备，还安排他习武。书里有一笔描写，在第二十六回，宝玉在大观园里闲逛，顺着沁芳溪看了一回金鱼，应该是跟金鱼说了一回话。前面分析过宝玉，他脑子里绝无什么读书上进、谋取功名一类的杂质，他沉浸在诗意里面，他把生活当成一首纯净的诗，在那里吟，那里赏。这时候，忽然那边山坡上两只小鹿箭也似的跑了过来，打破了诗意，可爱的小鹿为什么惊慌失措？宝玉不解其意，正自纳闷，只见贾兰在后面拿着一张小弓追了下来，一见宝玉在面前，就站住了，跟宝玉打招呼。宝玉就责备他淘气，问好好的小鹿，射它干什么？贾兰回答："这会子不念书，闲着作什么？所以来演习演习骑射。"清朝皇帝，特别是康、雍、乾三朝，非常重视保持满族的骑射文化，对阿哥们的培养，就是既要他们读好圣贤书，又要他们能骑会射，所以贵族家庭也就按这文武双全的标准来培养自己的子弟。李纨望子成龙心切，对贾兰也是进行全方位的培养，要他能文能武。那时候，科举考试也有武科，八十回后贾兰中举，有可能就是中的武举，后来建了武功，"气昂昂头戴簪缨，光灿灿胸悬金印，威赫赫爵禄高登"，母因子贵，李纨也终于扬眉吐气，封了诰命夫人。贾兰放下书笔就来射箭习武，宝玉看了是怎么个反应呢？他非常反感，非常厌恶，讽刺贾兰说："把牙栽了，那时才不演呢！"

"为冰为水空相妒，枉与他人作话谈"就不那么好懂了。特别是第一句，有的古本写作"如冰水好空相妒"。这句话的大概意思，应该是指水跟冰本来是一种东西，一家子，但是有些水结成了冰，就嫉妒那没结成冰的水。本是一家子，寒流中两种结果，当然互相有看法，甚至有冲突，但是那没结成冰的水呢，到头来也没得到什么真正的好处，白白地让人把她的那些事情当作笑话来议论。从这两句判词就可以感觉到，曹雪芹对李纨这个人物哪里是全盘褒奖，虽然她最后表面上比其他十一钗命运都好，但她一生的行事作风旁人议论起来闲话还是很多的，她在生活中遭人嘲笑也难以避免。

李纨与兰花的关系密切

第七十六回，写湘云、黛玉在凹晶馆联诗，有些难以为继时候妙玉出现了，妙玉把她们请到拢翠庵里，一口气续出十三韵，里面有两句是"钟鸣拢翠寺，鸡唱稻香村"，这是预示在贾府被查抄以后，大观园里其他地方都被勒令腾空，加上封条了，但还剩两处允许暂住，成为例外。

为什么拢翠庵（寺）还可以鸣钟礼佛？

因为贾府有罪，所有的主子奴仆一律连坐，但是妙玉和她身边的嬷嬷丫头，并不是贾府的人，她们可以例外。当然，拢翠庵产权不属于妙玉，属于贾府，被抄检一番是难免的，当年王夫人做主，下的那个请妙玉入府的帖子，一定是被查出来了。在妙玉方面，她坦然无畏，人家下帖子请我，我来了，算个什么问题？当时的理由很堂皇嘛，是元春要省亲，必须准备佛事。但在王夫人方面，麻烦就很大，因为那时候元春已经惨死，皇帝厌恶贾家，一经查抄，诸罪并举，甚至还要顺一切线索追究，再加上负责查抄的官员，总要借势施威；那么，对下那个帖子的事情，肯定要穷追不舍，加上别的种种，一时也难结案。在这种情况下，妙玉就是自己要搬出拢翠庵，恐怕也暂不放行，只是不把她算成罪犯罪产，日常生活仍可照旧罢了。

妙玉不是贾府的人，李纨母子却是呀，那为什么稻香村还可以雄鸡唱晨，里头住的人尚能如以往一般迎来新的一天呢？可以推测出，八十回后，写到贾府满门被抄，因为负责查抄的官员报上去，李纨守寡多年，又不理家，贾家各罪，也暂无她参与的证据，而皇帝最提倡贞节妇道，所以就将她们母子除外，不加拘禁，仍住稻香村里。如经查实，他们确实与贾府诸罪无关，结案后就可以允许他们搬出，自去谋生。他们母子获得彻底解脱后，与原来亲友断绝来往，李氏更加严格地督促儿子苦读，贾兰也不负母亲一片苦心，中举得官，建立功勋，而李纨也就终于成了诰命夫人。

贾府败落以后，巧姐被其舅王仁接出以后，竟被狠心的舅舅卖到妓院，当时李纨和贾兰如果伸出援手，是可以及时将巧姐接出的。

书里第四十五回，王熙凤有一篇这样的话："亏你是个大嫂子呢，把姑娘们原交给你带着念书，学规矩针线的，他们不好，你还要劝。这会子他们起诗社，能用几个钱，你就不管了。老太太、太太罢了，原是老封君。你一个月十两银子的月钱，比我们多两倍子；老太太、太太还是说你寡妇失业的，可怜不觳用，又有个小子，足的又添了十两，和老太太、太太平等；又给你园子地，各人取租子，年中分年例，又是上上分儿；你娘儿们主子、奴才共总没十个人，吃的穿的仍就是官中的。一年通共算起来也有四五百银子，这会子你就每年拿出一二百银子来，赔他们顽顽，能几年的限？"可见李纨平时在府里待遇很高，而且一贯抠门，积蓄是很不少的，拿些出来救助巧姐，并不会危害到她和贾兰今后的生活，但李纨就是一毛不拔，贾兰更拿作废的银

建兰

票搪塞去求他们伸出援手的人——根据脂砚斋批语透露，不是别人，应该就是后来和小红结为夫妇的贾芸——因此在巧姐这件事上，奸兄正是贾兰！

李纨、贾兰的这种表现，传开后，当然会被人们指着脊梁骨议论、讥讽、嘲笑，甚至唾弃！《晚韶华》曲里的"虽说是，人生莫受老来贫，也须要阴骘积儿孙。"这句是相当严厉的批评，翻译过来，就是这样的意思：虽然说，你李纨怕老了以后没有钱用，总是在那里积蓄，尽量地只进不出，有一定的道理，但是到了节骨眼上，用你的一部分钱就可以救人一命，你却吝啬到一毛不拔，死活由人家去，你也太不积德了吧？人在活着的时候，应该为儿孙积点阴德啊！正因为李纨忍心不救巧姐，而且贾兰要奸使滑摆脱了贾芸、板儿等来借钱求助的人，李纨虽然后来成了诰命夫人，"也只是虚名儿与人钦敬"，"枉与他人作话谈"，贾兰也就成了与狠舅王仁并列的奸兄。

李纨的命运看似结果不错，其实从守寡起就一直形同槁木死灰，一生无真乐趣可言。后来又因吝啬不去救助亲戚，留下话把儿被人耻笑，把她也归入红颜薄命的系列是合理的。

李纨自比老梅，她终生守着独子贾兰，将他培养成一盆茂兰。她的花语是：老梅伴着茂兰开，哪管他人兴与衰！喜极而亡不及悟，阴德才是永世财！

秦可卿 篇

情可亲，情可倾！
情可轻，情可清！

宫花与秦可卿的渊源

秦可卿作为《金陵十二钗正册》中最后一钗，第五回登场，第十三回就死掉了，是《金陵十二钗正册》中唯一一位在《红楼梦》前八十回里死去的金钗。书中对秦可卿的描写充满了神秘气息，为读者留下了无尽的探讨空间。

她出场后，书里贾氏宗族宝塔尖上的贾母如此评价她："素知秦氏是个极妥妥的人，而且又生得袅娜纤巧，行事又温柔和平，乃重孙媳中第一个得意之人。"第八回末尾有段文字交代她的来历，说她父亲秦业"系现任工部营缮司郎中，年近七十，夫人早亡。因当年无儿女，便向养生堂抱了一个儿子并一个女儿。谁知儿子又死了，只剩女儿，小名唤可儿，长大时，生得形容袅娜，性格风流。因素与贾家有些瓜葛，故结了亲，许与贾蓉为妻"，又说秦业"宦囊羞涩，那贾府上上下下都是一双富贵眼睛"，所以在作者叙述的文字中这桩婚事就显得十分古怪。

第五回里有一段关于秦可卿卧室的描写：

> 说着，大家来至秦氏房中。刚至房门，便有一股细细的甜香袭人而来。宝玉便愈觉得眼饧骨软，连说好香！进入房向壁上看时，有唐伯虎画的《海棠春睡图》，两边有宋学士秦太虚写的一副对联，是：嫩寒锁梦因春冷，芳气笼人是酒香。案上设着武则

天当日镜室中设的宝镜，一边摆着飞燕立着舞过的金盘，盘内盛

着安禄山掷过伤了太真乳的木瓜，上面设着寿昌公主于含章殿下

卧的榻，悬的是同昌公主制的联珠帐。宝玉含笑连说这里好！秦

氏笑道："我这房子，大约神仙也可以住得了。"说着，亲自展

开了西子浣过的纱衾，移了红娘抱过的鸳枕。

秦可卿卧室的陈设充溢着皇家气息，而且两次提到公主。第七回前面有一
首回前诗：

> 十二花容色最新，不知谁是惜花人。

> 相逢若问名何氏，家住江南姓本秦。

这一回写周瑞家的送宫花，迎春、探春只是淡淡道谢，惜春干脆说她今后把
头发剃了做尼姑不戴花，王熙凤得了四枝不以为奇只留两枝，林黛玉认为
给她的那两枝是挑剩下的。显然，这些人都不是惜花人，那么，谁是惜花人
呢？这个人跟宫花竟然是相逢的关系，而这个人姓秦。回前诗分明在点明秦
可卿本是宫中女子。

后来写秦可卿得了怪病，延医问药，却治得了病治不了命。第十三回
写她死时给王熙凤托梦：

> 这日夜间，（凤姐）正和平儿灯下拥炉倦绣，早命浓薰绣
> 被，二人睡下，屈指算（贾琏）行程该到何处，不知不觉已交三
> 鼓。平儿已睡熟了，凤姐方觉星眼微朦，恍惚只见秦氏从外走了
> 进来，含笑说道："婶婶好睡，我今日回去，你也不送我一程！

因娘儿们素日相好，我舍不得婶婶，故来别你一别。还有一件心愿未了，非告诉婶婶，别人未必中用。"凤姐听了，恍惚问道："有何心愿，你只管托我就是了。"秦氏道："婶婶，你是个脂粉队内的英雄，连那些束带顶冠的男子也不能过你，你如何连两句俗语也不晓得？常言月满则亏，水满则溢。又道是，登高必跌重。如今咱们家赫赫扬扬，已将百载，一旦倘或乐极悲生，若应了那句树倒猢狲散的俗语，岂不虚称了一世的诗书旧族了！"凤姐听了此话，心胸大快，十分敬畏，忙问道："这话虑的极是，但有何法可以永保无虞？"秦氏冷笑道："婶婶你好痴也！否极泰来，荣辱自古周而复始，岂是人力能可保常的？但如今能于荣时筹画下将来衰时的世业，亦可谓常保永全也。即如今日诸事都妥，只有两件未妥，若把此事如此以行，则日后可保永全。"凤姐但问何事，秦氏道："目今祖茔虽四时祭祀，只是无一定钱粮。第二件，家塾虽立，无一定工给。依我想来，如今盛时固不缺祭祀工给，但将来败落之时，此二项有何出处？莫若依我定见，趁今日富贵，将祖茔附近多置田庄房舍地亩，以备祭祀、工给之费，皆出自此处。将家塾亦设于此，会同族中长幼大小定了则例，日后按房掌管这一年的地亩、钱粮、祭祀、工给之事。如此周流，又无争竞，亦不能有典卖诸弊。便是有了罪，凡物皆可入官，这祭祀产业连官也不入的。便败落下来，子孙回家读书务农，也有个退步，祭祀又可永继。若目今以为荣华不绝，不思日后，终非长策。眼见不日又有一件非常喜事，真是烈火烹油，鲜花着锦之盛。要知道也不过是瞬息的繁华，一时的欢乐，万不可忘了那盛筵必散的俗语。此时若不早为虑后，临期只恐后悔无益矣。"凤姐忙问："有何喜事？"秦氏道："天机不可泄漏，只是我与婶子好了一场，临别赠你两句话，须要记着。"因念道："三春去后诸芳尽，各自须寻各自门。"凤姐还欲问时，只听得二门上传事云牌连叩四下，正是丧音。因将凤姐惊醒，人回："东府蓉大奶奶没了。"

一个由"宦囊羞涩"的小官吏从养生堂抱养来的女子，她怎么会有如此的见识，指导起荣国府管家王熙凤起来了？而且她还能预言祸福，道出那样的偈语，作者这样设定她的来历，让她具有高于贾氏宗族的指导者资格，究竟是怎样的一种苦心？

秦可卿死后，贾氏宗族为她举办了隆重盛大的丧礼，朝廷里的大太监戴权两次到宁国府祭奠，四王八公都来参祭，地位崇高的北静王还亲自出现在路祭送灵柩的现场，接见了贾府老爷们，更特别接见了贾宝玉。这也说明秦可卿的身份不一般。在本书"贾元春篇"里，已有对秦可卿这个人物形象的生活原型的揭秘。这里不再重复。

关于秦可卿的诊治情况，为什么说"治得了病治不了命"呢？

第十三回有不少脂砚斋的批语，其中最重要的一条是：

秦可卿淫丧天香楼，作者用史笔也。老朽因有魂托凤姐贾家

后事二件，岂是安富尊荣坐享人能想得到处？其事虽未漏，其言

其意则令人悲切感服，故赦之，因命芹溪删去。

也就是说，"秦可卿死封龙禁尉"这个回目是后改的，原来这一回叫"秦

可卿淫丧天香楼"，有的古本写成"秦可卿淫上天香楼"，而且曹雪芹写

了淫丧天香楼的种种事情、种种情节。脂砚斋由于她所说的那些原因，觉

得秦可卿的生活原型的命运还是很值得人宽恕的，就说别把这个事写出来

了，把这个事隐过去算了，她就让曹雪芹把它给删了。删了多少呢？"此

回只十叶，因删去天香楼一节，少却四五叶也。"请注意这个"叶"，研

究《红楼梦》，有时候你必须得回到繁体字上来。因为过去的繁体字的

"葉"代表线装书的一页，线装书是一张纸窝过来装订在一起的，它的一

页相当于现在的两个页码，删去了"四五叶"等于删去了现在的八个到十

个页码。

再看《金陵十二钗正册》里与秦可卿相关那一页：

画着高楼大厦，有一美人悬梁自缢。其判云：情天情海幻情

身，情既相逢必主淫。谩言不肖皆荣出，造衅开端实在宁。

关于她的那曲《好事终》唱道：

画梁春尽落香尘。擅风情，秉月貌，便是败家的根本。箕裘

颓堕皆从敬，家事消亡首罪宁。宿孽总因情！

可以推断出，实际上秦可卿是非正常死亡，她是在宁国府的天香楼上

即木樨，学名 *Osmanthus fragrans*，木犀科深绿色小乔木或灌木。常绿乔木或灌木。聚伞花序簇生于叶腋，或近于帚状，每腋内有多朵花。花梗弯。由于花的色彩不同，有金桂、银桂、丹桂等不同名称。花期9—10月，果期翌年3月。

悬梁自尽的。她上吊后，一个丫头瑞珠立即触柱而亡，另一个丫头宝珠愿充当义女，去铁槛寺为她守灵永不再开口。她的死亡原因，一个是和公公贾珍偷情被发现，另一个更重要的原因则是她的真实身份被揭发出来，皇帝为避免皇家丑闻外漏，通过她的家族长辈，下令让她自尽，以画句号。

象征秦可卿的花：月中桂花

天香楼是《红楼梦》中设定在宁国府会芳园的一处有楼阁的园林建筑，在那里可以设宴看戏。贾珍与秦可卿幽会在天香楼，秦可卿自尽在天香楼。第十三回写："另设一坛于天香楼上，是九十九位全真道士，打四十九日解冤洗业醮。"贾珍特别要在那个地方让和尚道士打醮以解冤洗业，业就是孽，从中也透露出秦可卿的死因。

天香，指的是桂花的特殊香气。唐朝宋之问有首《灵隐寺》诗，这样写的："鹫岭郁岧峣，龙宫锁寂寥。楼观沧海日，门对浙江潮。桂子月中落，天香云外飘。扪萝登塔远，刳木取泉遥。霜薄花更发，冰轻叶未凋。夙龄尚遐异，搜对涤烦嚣。待入天台路，看余度石桥。"

关于月亮、仙人、桂花树的传说，在我国古代有一个演变

月中桂花

过程。有学者对这个过程进行了细致的考证。

西汉《淮南子》说："月中有桂树。"这是现今能追溯到的最早的有关桂树"登月"的描述，但是这句话并不存在于现今通行的版本中，很有可能在近代流传过程中佚失，而被引用在宋代的《太平御览》中。汉朝壁画墓也可以证明这一点。汉墓的壁画中，月亮大都是圆盘状，包括但不限于以下两种形象：一种是月亮由人首蛇身的女娲用手托举，相对地，旁边有人首蛇身的伏羲用手托举着太阳；一种是出现在所谓"羽人"的肚子中，羽人的肚子就是一个大圆盘，羽人的两臂就是拥有长长羽毛的翅膀，呈飞翔状。由于不知羽人具体为何，学界叫法不一，也有将其称为"月神"或者"月精"。两种月亮形象分属两套月亮神话系统，但统一的是，圆盘月亮中，有时会出现桂树、蟾蜍或兔子的形象，可见桂树在此时"登月"，已是实锤。

到了魏晋，神仙之道盛行，桂树与"仙"联系在了一起。虞喜《安天论》中有言："俗传月中仙人桂树，今视其初生，见仙人之足，渐已成形，桂树后生焉。"可见，月中有仙人和桂树的说法在民间已经广泛流传。

到了人文繁盛的浪漫唐朝，月亮的形象又发生了极大改变，一座美轮美奂的月宫匐然出现在凄清的月亮上。《唐逸史》描绘唐明皇游月宫的场景：月亮上一座玲珑四柱牌楼，名为广寒清虚之府，庭前是一株大桂树，扶疏遮荫，不知覆着多少里数。桂树之下，有无数白衣仙女，乘着白鸾在那里舞蹈，而她们穿的衣服便是"霓裳羽衣"。唐明皇回到人间后，就按着月宫中仙女的舞曲，编成了《霓裳羽衣曲》。桂树已不再是一个单纯的代表月亮的符号，而是融入了月宫的场景，是月宫中的一株仙树。

在后来流传得越来越广的月宫场景里，桂树与吴刚、嫦娥紧密联系在一起。吴刚是怎么来的？唐代段成式的《酉阳杂俎》中说："旧言月中有桂，有蟾蜍，故异书言月桂高五百丈，下有一人常斫之，树创随合。人姓吴刚，西河人，学仙有过，谪令伐树。"这段充分展示了笔记小说的风采，也是目前可追及的最早出现吴刚伐桂的文字。吴刚伐桂，是因为学仙过程中犯下了错误，或者学仙本身就是一个错误。而桂树与嫦娥之共存于月亮，也不得不维系于"仙"字。上古典籍《归藏》中讲到嫦娥因为偷了西王母之仙药，只好投奔月亮，变成了月精。月中有嫦娥的仙话，可能也是到唐朝才稳定并被普遍接受。

通过查阅以上资料，可以判定，《红楼梦》书中用"桂子月中落，天香云外飘"来象征秦可卿，正是因为其原型出自皇太子家，是一个在皇太子第二次被废的紧张时刻，未向宗人府报告，私自偷运出宫的女婴。书中用"双悬日月照乾坤"来概括出书中故事的大背景，"坏了事"的"义忠亲王老千岁"为代表的"月"，死而不僵，总是伺机要颠覆"日"，秦可卿就是"月"中落下的"桂子"，但她终于还是从天香楼陨落，魂魄飘散。

秦可卿的象征是月中桂花，她的花语是：情可亲，情可倾！情可轻，情可清！宿孽总因情，莫若无情，到头来，却又难舍人间情！

象征香菱的花：并蒂菱花

　　前面已经把《金陵十二钗正册》中的十二钗都讲过了。贾宝玉在太虚幻境的薄命司还翻看了副册，但只看了一页，这页上"画着一株桂花，下面有一池沼，其中水涸泥干，莲枯藕败。"后面的判词是："根并荷花一水香，平生遭际实堪伤！自从两地生孤木，致使香魂返故乡。"

　　这说的是甄英莲，也就是香菱。薛蟠娶来夏金桂，"两地生孤木"当然是拆字法，就是"桂"字。金桂一来，香菱就被她折磨死了。高鹗续后四十回，写后来夏金桂死了，香菱被升格为正妻，显然完全违背了这幅画和这个判词显示的预言。

　　香菱出场，脂砚斋有多条批语，说她日后会和她母亲一样，表现出"情性贤淑、深明礼义"的品质，她"根源不凡"，也就是"根并荷花一水

菱花

香"，是一个超越一般水平的美女。荣国府里的人见了她，觉得她的模样儿、品格儿跟秦可卿相像，那时候她还只是个小丫头，人们不清楚她的来历，她自己也完全失去记忆，但是她浑身上下却散发出高贵的气质。第一回里，写到甄士隐抱着她在街上看热闹，来了一僧一道，那疯和尚就跟他说："你把这有命无运，累及爹娘之物，抱在怀内作甚？""有命无运，累及爹娘"这八个字，也是香菱和秦可卿的共同之处。脂砚斋就在此处写下了一条非常重要的眉批："八个字屈死多少英雄，屈死多少忠臣孝子，屈死多少仁人志士，屈死多少词客骚人。今又被作者将此一把眼泪洒与闺阁之中，见得裙钗尚遭逢此数，况天下之男子乎？"所以，"有命无运，累及爹娘"这八个字，尤其前四个字，不仅是对香菱和秦可卿，也是对书中所有女子，乃至作者本人的一种概括，表达出个体生命与所遭逢的时代、地域、社会、人际之间的复杂关系。那就是，你虽然有了一条命，但是你却很可能没有好的机遇、好的运气，自己难以把握自己的生命走向。"有命无运"四个字，是一种悲观的沉痛的叹息，但我认为曹雪芹这不是在宣扬迷信，不是在宣扬宿命论，他在沉痛之余，通过全书的文本，特别是通过贾宝玉的形象，也在弘扬与命运抗争的精神。他呕心沥血地写这部书，本身就是一种向不幸的命运挑战的积极行为。

香菱可以说是全书头一个出场的，又是具有照应全书女性命运的很重要的一个象征性角色。贾家四位小姐的名字合起来才构成了"原应叹息"的意思，她一个人的名字就表达出了"真应该怜惜"的感叹。八十回后她的惨死，应该也同样具有象征意义。她被夏金桂害死，正当夏天，本来是最适合莲花、菱角生长的季节，却有金桂来克她，对她进行摧残。"金桂"谐音"金贵"，金殿里的权贵，也就是来自皇帝方面的威力。当然，这只是一种象征，不是说夏金桂就是皇宫里的人。香菱之死不仅是她一个人的悲剧，也是全书众女儿总悲剧的一个预兆。

第六十三回抽花签，该香菱，"香菱便掣了一根并蒂花，题着'联春绕瑞'。那面写着一旧诗，道是：连理枝头花正开。注云：共贺掣者三杯，大家陪饮一杯。"并蒂花并不是特指某种花，而是指长在一起的花，也可以称作连理花。香菱被薛蟠强买后，开始当丫头，后来成为他的侍妾。从"联春绕瑞""连理枝头花正开"这些字眼看来，薛蟠跟她之间似乎颇有感情，香菱似乎有为薛蟠怀孕的可能。

但我们要把"连理枝头花正开"这句诗弄清楚，就得知道它

菱花

是菱的花。菱为千屈菜科一年生浮水水生草本植物。夏天开花，白色小花。果实俗称菱角，可以食用。

观音柳

正名柽柳，柽柳科乔木或灌木。总状花序，花瓣粉红色。注意，观音柳是与垂柳全然不同的植物。

罗汉松

别名土杉，罗汉松科常绿针叶乔木，叶螺旋状着生。雄球花穗状、腋生；雌球花单生叶腋，有梗。

的出处，它出自宋朝朱淑真写的这首诗："连理枝头花正开，妒花风雨便相催。愿教青帝（青帝：掌管春天的神，又称东君、东皇。）常为主，莫遣纷纷点翠苔。"可见，这根花签还是在预言，虽然薛蟠一度也确实喜欢香菱，但这种强买来的丫头绝不可能被娶为正妻，就在薛蟠跟香菱"连理枝头花正开"时，正妻夏金桂被娶进了门，夏家也是为皇家服务的，主要是供给皇家四季可赏的桂花，跟薛家门当户对。那么夏金桂一进门，"妒花风雨便相催"，香菱到头来被夏金桂摧残而死。

第六十二回，写在大观园里：

外面小螺和香菱、芳官、蕊官、藕官、豆官等四五个人都满园中顽了一回，大家采了些花草来兜着，坐在花草堆中斗草。这一个说，我有观音柳。那一个说，我有罗汉松。那一个又说，我有君子竹。这一个说，我还有美人蕉。这一个说，我有星星翠。那个又说，我有月月红。这个又说，我有牡丹亭畔的牡丹叶。那个又说，我有琵琶记里的枇杷果。豆官便说："我有姊妹花。"众人没了。香菱便说："我有夫妻蕙。"豆官说："从来没听见说有个夫妻蕙。"香菱道："一箭一花为兰，一箭数花为蕙。凡蕙有两枝，上下结花者为兄弟蕙，有并头结花者为夫妻蕙，我这枝并头的怎么不是？"豆官

君子竹

竹子中的一种。叶有二型，其中营养叶二行排列互生于枝系中末级分支的各节。

美人蕉

美人蕉科多年生草本，全株绿色草本。圆锥花序，总状花序，花单生或对生，红色。

星星翠

很可能是星星草，禾本科多年生草本。圆锥花序，小穗柄短而粗糙，小穗含小花。

月月红

月季的别名。花几朵集生，稀单生。花瓣重瓣至半重瓣，红色、粉红色至白色。

没的说了，便起身笑道："依你说，若是这两枝一大一小，就是父子蕙了？若是两枝背面开的，就是仇人蕙了？你汉子去了大半年，你想夫妻了，便扯上蕙也夫妻，好不害羞！"香菱听了红了脸，忙要起身拧他，笑骂道："我把你这烂了嘴的小蹄子，满嘴里汗嫩的胡说了。"

这段描写里出现了很多种花木。香菱拿出的夫妻蕙是蕙花，因为并蒂，所以她将其称为夫妻蕙，也可以说是连理蕙。但六十三回她抽签抽出的并蒂花应该并不是蕙兰，而是并蒂菱花。因为在第七十九回末尾第八十回开头有一段描写特意揭示了香菱名字的含义：

> 一日金桂无事，因合香菱闲谈，问香菱家乡父母，香菱皆答忘记，金桂便不悦，说有意欺瞒了他，因问他香菱二字是谁起的名字，香菱便答姑娘起的。金桂冷笑道："人人都说姑娘通，只这一个名字就不通。"香菱笑道："奶奶不知道，我们姑娘的学问连我们姨老爷时常还夸呢。"且听下回分解。（第八十回）话说香菱言还未尽，金桂将脖项一扭，嘴唇一撇，鼻孔里哧哧两声，拍着手冷笑道："菱角谁闻见香来者，若说菱角香了，正紧那冷香花放在那里。可是不通之极。"香菱道："不独菱角，就连荷叶莲蓬都是有一股清香的，但他原不是花香可比，若静日静夜，或清早半

牡丹叶

牡丹植株上的叶片。通常为二回三出复叶，偶尔近枝顶的叶为3小叶。

枇杷果

蔷薇科枇杷的果实。球形或长圆形，成串生长，黄色或桔黄色，柔软多汁。

姊妹花

可能是七姊妹，也称十姐妹，多花蔷薇的一个变种。总状花序，一茎多花，花常7～10朵簇生在一起。

蕙 兰

学名 *Cymbidium faberi*，又名九子兰，兰科植物。常为浅黄绿色。

207

夜，细领略了去那一股清香，皆比是花儿都好闻呢。就莲菱角、鸡头、苇叶、芦根，得了风露，那一股清香就令人心神爽快的。"金桂道："依你说，兰花、桂花到香的不好了？"香菱说到热闹上忘了忌讳，便接口道："兰花桂花的香又非别花之香可比。"一句未完，金桂的丫环名唤宝蟾者，忙指着香菱的脸说道："要死要死，你怎直叫起姑娘的名字来。"香菱猛省了，反不好意思，忙赔笑赔罪说："一时说顺了嘴，奶奶别计较。"金桂笑道："这有什么，你也太小心了，但只是我想这个香字到底不妥，意思要换一个字，不知你服不服？"香菱忙笑道："奶奶说那里话，此刻连我一身一体俱属奶奶，何得唤一名字反问我服不服？叫我如何当得起，奶奶说那一字好就用那一个。"金桂冷笑道："你虽说的是，只怕姑娘多心，说我起的名字反不如你的意，你能来了几日，就驳我的面了。"香菱笑道："奶奶有所不知，当日我来了时，原是老太太使唤的，故此姑娘起得名字，后来我自服侍了爷，就与姑娘无涉了，如今又有了奶奶，亦发不与姑娘相干。况且姑娘又是极明白的人，如何恼得这些呢？"金桂道："既这样说来，香字竟不如秋字妥当，菱角、菱花皆盛于秋，岂不比香字有来历些。"香菱笑道："就依奶奶这样罢了。"自此以后遂改了秋字，宝钗亦不在意。

在八十回后，按曹雪芹所写，夏金桂到底还是把香菱摧残死了。

象征香菱的花是并蒂菱花，她的花语是：根并荷花一茎香，有命无运实堪伤！寄言天下众父母，莫让儿女被拐亡！

象征晴雯的是芙蓉花吗?

　　《红楼梦》第五回里贾宝玉在太虚幻境薄命司看册页,其实最先翻看的是《金陵十二钗又副册》,看了两页没再往下看;然后翻看《金陵十二钗副册》,只看了一页;最后才看的是《金陵十二钗正册》,看全了。这本书的叙述顺序,是先讲"正册"中十二钗,再讲"副册"中第一钗,底下再讲"又副册"中贾宝玉所看到的头两钗的信息。

　　宝玉揭开《又副册》一看,"只见这首页上画着一副画,又非人物,亦无山水,不过水墨渲染的满纸乌云浊雾而矣。后有几行字写着:霁月难逢,彩云易散。心比天高,身为下贱。风流灵巧招人怨。寿夭多因毁谤生,多情公子空牵念。"这说的就是晴雯。

　　晴雯是宝玉最钟爱的一个丫头。书里晴雯与黛玉属于一类人,由着自己性子生活，性格锋芒毕露，出语常常尖刻，眼里容不得沙子，具有反叛性，第三十一回"撕扇子作千金一笑"，把她这种性格刻画得入木三分。晴雯后来被王夫人迫害，被撵出贾府后病死。王夫人之所以撵晴雯，先是邢夫人陪房王善保家的下谗言：

> 王保善家的道："别的都还罢了，太太不知道，头一个宝玉屋里的晴雯，那丫头仗着他生的模样儿比别人标致些，又生了一张巧嘴，天天打扮的像个西施的样子，在人跟前能说惯道，掐尖要强，一句话不投机，他就立起两个骚眼睛来骂人。妖妖趫趫，大不成个体统。"王夫人听了这话，猛然触动往事，便问凤姐道："上次我们跟了老太太进园去，有一个水蛇腰，削肩膀，眉眼又有些像你林妹妹的，正在那里骂小丫头。我的心里狠看不上那个轻狂样子，因同老太太走，我不曾说得，后来要问是谁，又偏忘了。今日对了槛儿，这丫头想就是他了。"凤姐道："若论这些丫头们，共总比起来，都没晴雯生的好。论举止言语，他原轻薄些。方才太太说到狠像他，我也忘了那日的事，不敢乱说。"

这也说明，其实王夫人也早看不惯林黛玉，晴雯和林黛玉的罪名都是"轻狂"。王夫人指斥晴雯轻狂，王熙凤当时并没有竭力附和，王熙凤把"轻狂"减了一级，只说晴雯"轻薄"。这是因为，王熙凤虽然需要迎合王夫人，但更需要重视贾母的态度。贾母其实一直在与王夫人、薛姨妈两姐妹过招，王家这两姐妹制造"金玉姻缘"的舆论，一心一意要让宝钗跟宝玉成婚，除了要确定宝玉的正妻，她们还要决定宝玉的首席姨娘，王夫人选定了袭人，让袭人享受准姨娘的待遇。这些发生在贾母眼皮底下的作为，贾母都是不能认可的，贾母成为宝玉、黛玉"木石姻缘"的坚定支持者。在王夫人瞒着贾母将晴雯撵出致死后，她不得已吞吞吐吐地跟贾母汇报，贾母当即表明："但晴雯那丫头，我看他甚好，怎么就这样起来。我的意思，这些丫头的模样、爽利、言谈、针线，多不及他，将来只他还可以给宝玉使唤得……"说明在贾母的意识里，宝玉正妻要娶林黛玉，首席姨娘就该是晴雯。而在《金陵十二钗又副册》中，偏偏晴雯就灭过了袭人的次序，排在了第一位，可见晴、袭优劣在曹雪芹心中自有定论。

早在晚清，就有论家指出，晴雯是黛玉的影子，正如袭人是宝钗的影子一样。宝玉挨打后，感念黛玉对他那种交往社会边缘人行为的理解，决定把自己用过的旧手帕送给黛玉以为永久的纪念，他就特意避开袭人，单让晴雯给送过去。

第七十八回，宝玉杜撰《芙蓉女儿诔》祭奠晴雯，把晴雯设定为芙蓉花神，而芙蓉花恰是黛玉的象征。黛玉偷听到《芙蓉女儿诔》后，在第七十九回与宝玉有一段讨论：

黛玉道："原稿在那里？倒要细细一读，长篇大论不知说的是些什么，只听见中间两句什么'红绡帐里，公子多情。黄土陇中，女儿薄命'这一联意思却好，只是红绡帐里未免熟滥些，放着现成的真事为什么不用？咱们如今都是茜影纱糊的窗隔，何不就说茜纱窗下公子多情呢？"宝玉听了不觉跌足笑道："好是极！到底是你想的出说的出，可知天下古人现成的好景妙事，尽多只是愚人蠢才说不出想不出罢了。但只一件，虽然这一改新妙之极，但你居此则可，在我实不敢当。"说着又接连一二百句不敢当，黛玉笑道："何妨，我的窗即可为你之窗，何必分晰得如此生疏。古人异姓陌路尚然同肥马，衣轻裘，敝之而无憾，何况咱们？"宝玉笑道："论交之道，不在肥马轻裘，即黄金白璧亦不当锱铢较量，倒是这唐突闺阁万万使不得的，如今我索性将'公子''女儿'改去，竟算你诔他的倒妙，况且素日你又待他甚厚，今宁可弃此一篇大文，万不可弃此茜纱新句，竟莫若改作'茜纱窗下小姐多情，黄土陇中丫环薄命'。如今一改虽于我无涉，我也是惬怀的。"黛玉笑道："他又不是我的丫头，何用作此语，况且小姐、丫环亦不典雅，等我的紫鹃死了我再如此说还不算迟呢。"宝玉忙笑道："这是何苦来，又咒他。"黛玉笑道："是你要咒他，并不是我说的。"宝玉道："我又有了，这一改可极妥当，莫若说'茜纱窗下，我本无缘，黄土陇中，卿何薄命！'"黛玉听了怔然变色，心中虽有无限的狐乱想，外面都不肯露出，反连忙含笑点头称妙，说："果然改的好，再不必改了，快去干正经事罢。才刚太太打发人叫你明儿一早快过大舅母那边去，你二姐姐已有人家求准了，想是明儿那人家来拜允，所以叫你们过去呢。"……

这段讨论，表面上似乎是在咬文嚼字，其实，正是将晴雯、黛玉二人与宝玉的关系予以叠加，她们都因坚持个性而被那个社会的主流排斥打击，到头来她们与宝玉还是缘尽分离，红颜薄命。晴雯确实是黛玉的影子，两个人都跟芙蓉花有关，到头来，《芙蓉女儿诔》也适用于黛玉。

芙蓉花毕竟是黛玉的象征，那么，象征晴雯的究竟是什么花呢？

贾宝玉说晴雯如同一盆才抽出嫩箭来的兰花

第七十七回，贾宝玉跟袭人说："他自幼上来娇生惯养，何尝受过一日委屈。连我知道他的性格，还时常冲撞了他。他这一下去，就如同一盆才抽出嫩箭来的兰花送到猪窝里去一般。况又是一身重病，里头一肚子的闷气。他又没有亲爹娘，只有一个醉泥鳅姑舅哥哥。他这一去，一时也不惯的，那里还等得几日？知道还能见他一面两面不能了！"象征晴雯的难不成是兰花？

第七十七回里有关于晴雯身世来历的一段交代："这晴雯当日系赖大家用银子买的，那时晴雯才得十岁，尚未留头。因常跟赖嬷嬷进来，贾母见他生得伶俐标致，十分喜爱。故此赖嬷嬷就孝敬了贾母使唤，后来所以到了宝玉房里。这晴雯进来时，也不记得家乡父母，只知有个姑舅哥哥，专能庖宰，也沦落在外，故又求了赖家的收买进来吃工食。赖家的见晴雯虽到贾母跟前，千伶百俐，嘴尖性大，却到还不忘旧，故又将他姑舅哥哥收买进来，把家里的一个女孩子配了他。成了房后，谁知他姑舅哥哥一朝身安泰，就忘却当年流落时，任意吃死酒，家小也不顾。偏又娶了个多情美色之妻，见他不顾身命，不知风月，一味死吃酒，便不免有蒹葭倚玉之叹，红颜寂寞之悲。又见他器量宽宏，并无嫉妒妒枕之意，这媳妇遂恣情重欲，满宅内便延揽英雄，收纳材俊，上上下下竟有一半是他考试过的。若问他夫妻姓甚名谁，便是上面贾琏所接见的多浑虫、灯姑娘儿的便是了。目今晴雯只有这一门亲戚，所以出来就在他家。"晴雯的这位姑舅哥哥，是晴雯顾念他，不忍令他沦落在外没有稳定的生计，特意让荣国府大管家赖大将其招来府内吃工食，也就是让他能过上有固定工资的稳定生活。这位姑舅哥哥娶了个糟糕的媳妇，晴雯被撵后只能到哥嫂处落脚，他们对晴雯毫无怜恤照顾，书里这样写的："谁知他哥嫂见他一咽气，便回了进去，希图早些得几两发送例银。王夫人闻知，便命赏了十两烧埋银子，又命：'即刻送到外头焚化了罢，女儿痨死的，断不可留！'他哥嫂听了这话，一面得银，一面就雇了人来入殓，抬往城外化人场上去了。剩的衣履簪环，还有三四百金之数，他兄嫂自收了，为后日之计。"世道人心就是如此残酷。晴雯的悲剧是性格悲剧，更是社会悲剧。

凤仙花

可见，"如同一盆才抽出嫩箭来的兰花送到猪窝里去一般"只是宝玉跟袭人对话时对晴雯当下境况的一个比喻，兰花并不适合作为晴雯的象征。

到头来，象征晴雯旺盛生命力的是金凤仙花

第五十一回写晴雯受风寒得了感冒，宝玉就私下叫人请来一位姓胡的太医给她诊治，那胡太医进了怡红院：

> 有三四个老嬷嬷，放下暖阁上的大红绣幔。晴雯从幔帐中单伸出手去，那太医见了这只手上有两根指甲，足有二三寸长，尚有金凤仙花染的通红的痕迹，便忙回过头来。有一个老嬷嬷忙拿了一块手帕掩了，那太医方胗了脉，起身到外间，向嬷嬷们说道："小姐的症是外感内滞，是近日时气不好，竟算个小伤寒。幸亏是小姐素日饭食有限，风寒也不大，不过是气血原弱，偶然沾带了些，吃两剂药疏散疏散就好了。"说着，便随婆子们出去。

第七十七回写宝玉偷偷跑到府里下人住的地方看望晴雯：

> （宝玉）流泪问道："你有什么说的，趁着没人，告诉我。"晴雯呜咽道："有什么可说的！不过挨一刻是一刻，挨一日是一日。我已知道横竖不过三五日的光景，我

就好回去了。只是一件，我死了不甘心的，我虽生的比别人略好些，并没有私情密意，勾引你怎样，如何一口死咬定了我是个狐狸精。我大不服。今日既已耽了虚名，而且临死，不是我说一句后悔的话，早知如此，我当日也另有个道理。不料痴心傻意，只说大家横竖在一处。不想平空里生出这一节话来，有冤无处诉。"说毕，又哭。宝玉拉着他的手，只觉瘦如枯柴，腕上犹带着四个银镯。因泣道："且卸下这个来，等好了再带上罢。"因与他卸下来，擎在枕下。又说："可惜这两个指甲，好容易长了二寸长，这一病好了，又损好些。"晴雯拭泪，就伸手取了剪刀，将左指上两根葱管一般的指甲齐根铰下，又伸手向被内，将贴身穿着一件旧红绫袄脱下，并指甲都与宝玉道："这个你收了，已后就如见我一般。快把你袄儿脱下来我穿。我将来在棺材内独自淌着，也就在怡红院一样了。论理不敢如此，只是耽了虚名，我可也是无可如何了。"宝玉听说，忙宽衣换上，藏了指甲。晴雯又哭道："回去他们看见了要问，不必撒谎，就说是我的。既耽了虚名，越性如此，也不过这样了。"

以上两段情节，都说明晴雯爱用凤仙花染红指甲，那金凤仙花染红的两管指甲，最后剪下成为她与宝玉诀别的信物。

晴雯的象征是金凤仙花。她的花语是：急性子，最本真！心比天高，身为下贱，风流灵巧，不惧人怨！若有来生，还要撕扇！

袭人篇

象征袭人的是桃花

在晴雯那一页后面，"画着一簇鲜花，一床破席"，写着："枉自温柔和顺，空云似桂如兰。堪羡优伶有福，谁知公子无缘。"

《红楼梦》第三回交代了袭人的情况：

> 原来这袭人亦是贾母之婢，本名珍珠。贾母因溺爱宝玉，生恐宝玉之婢无竭力尽忠之人，素喜袭人心地纯良，克尽职任，遂与了宝玉。宝玉因他本姓花，又曾见旧人诗句上有"花气袭人"之句，遂回明贾母，即更名袭人。这袭人亦有些痴处：伏侍贾母时，心中眼中只有一个贾母，今与了宝玉，心中眼中又只有一个宝玉。

贾府的丫头，来源一般是两种：一种是家生家养，就是府里成年仆人生下的子女，继续在府里服役，女儿就当丫头，像鸳鸯、入画都是这种；

桃花

另一种则是贾府花银子从社会上穷人家买来的，比如袭人。当年袭人家里穷，父母把她卖入了贾府。不过后来袭人他们家恢复到了小康，过春节时，袭人可以回家与亲人团聚。袭人母亲去世时，贾府还让她很摆谱地回去奔丧。

画一簇鲜花，是表达袭人姓花，"袭"与"席"谐音，不难判断出上面册页中说的是袭人。值得注意的有两点：第一，为什么说袭人"空云似桂如兰"？可见桂花和兰花都不是袭人的象征，她只是"似桂如兰"；第二，为什么要画"一床破席"？完全可以说"一床竹席"或"一床草席"，为什么要画成破的？

这至少说明，她与宝玉的缘分到头来是要破裂的。袭人最后嫁给了优伶（应该就是蒋玉菡，即琪官），虽然他们的婚姻表面上也还美满，贾府

桃花

桃树上盛开的花朵，桃树学名 *Amygdalus persica*，蔷薇科乔木。花瓣粉红色，罕为白色；花药绯红色。果实形状和大小均有变异，卵形、宽椭圆形或扁圆形，色泽变化由淡绿白色至橙黄色，向阳面常具红晕。桃花可制成桃花糕、桃花丸、桃花茶等食品。桃花通常寓意爱情，每年3—6月份，各地会以桃花为媒，举办不同的桃花节盛会。

败落，他们漏网，过着丰衣足食的生活，但袭人原来所向往的一切全都破碎，因此袭人也属于红颜薄命，悲剧人生。

第六十三回群芳抽花签，"该着袭人，袭人也伸手取了一枝出来，却是一枝桃花，题着'武陵别景'四字。那一面旧诗写着道是：桃红又是一年春。注云：杏花陪一杯。坐中同庚者陪一杯，同辰者陪一杯，同姓者陪一杯。"

"武陵别景"典故出自晋朝陶渊明的《桃花源记》，意思是在动乱中得以逃避到武陵地方的一处隐秘的桃花源中，获得安宁的生活。

诗句出自宋朝谢枋得有首《庆庵寺桃花》："寻得桃源好避秦，桃红又是一年春。花飞莫遣随流水，怕有渔郎来问津。"很显然，象征袭人的花就是桃花。

但是桃花在过去也常被作为轻薄、苟活、无为、投机的一种存在。比如，唐代诗人杜甫的《绝句漫兴九首》（其五）："肠断春江欲尽头，杖藜徐步立芳洲。颠狂柳絮随风去，轻薄桃花逐水流。"最后一句就把桃花作为了一种负面形象来描写。

如何评价这朵桃花？

历来有读者和评论者对袭人的为人不以为然，甚至鄙视、痛恨袭人。对于袭人的批判主要集中在三个方面：第一，宝玉被贾政答挞后，她去跟王夫人说的那些话，大意就是老爷也该管教管教宝玉，否则，宝玉可能跟小姐丫头们玩出事情，这多虚伪啊！书里第六回就写了，不是别人，恰恰是她，跟宝玉发生了肉体关系，似乎宝玉身边别的女性都是需要防范的危险人物，惟独她顶顶圣洁，能够维护住宝玉婚前的童贞。果然王夫人深受感动，对袭人大加赞赏，并从自己的月银里挪出二两银子一吊钱给她，让她与周姨娘、赵姨娘的待遇一样，确定了袭人准姨娘的地位。袭人多么虚伪啊！第二，获得王夫人特别拨给的特殊津贴以后，她就常常去告密。抄检大观园以后，王夫人撵了晴雯还不算，又逐一亲自审问怡红院的丫头们，见了四儿，立刻点出来，这四儿说过，同日生日就是夫妻——四儿原来叫蕙香，生日跟宝玉相同，是宝玉给她改叫四儿的——这种怡红院里的玩笑话，王夫人居然知道。王夫人说："打谅我隔得远，都不知道呢！可知我身子虽不大来，我的心耳神意，时时都在这里。难道我通共一个宝玉，就白放心凭你们勾引坏了不成！"那么，谁是王夫人在怡红院的心耳神意呢？当然是袭人了。第三，袭人多次表示，她跟定了宝玉，在王夫人面前也是以宝玉一生的守护神自居。第十九回，袭人说，宝玉只要依着她，"刀搁在脖子上，我也是不出去的了。"宝玉一贯依着她，可是她怎么样呢？宝玉还活着，她就去嫁蒋玉菡了，高鹗续书，把她写得很不堪，用"千古艰难惟一死"的诗句讥讽她。

那么，究竟该怎么看待袭人？

我觉得，从叙述的文笔里，看不出曹雪芹主观上的批判意味。对于一些角色，曹雪芹是把厌恶、贬讽直接流露在文本里的，最明显的是赵姨娘，其次是邢夫人。对袭人却不是这样，甚至恰恰相反，比如"情切切良宵花解语"这样的回目，是把袭人当作宝玉生命中最切近的花朵来描写的。对待凤姐，曹雪芹写她的胆大妄为、泼辣狠毒、毫不手软，但总体而言，却还是赞赏、爱惜居多。我想，对袭人也是一样，尽管曹雪芹客观地写出了她的人性弱点，但总体上还是肯定她的。

　　针对袭人的三个批判，我想试着从另一个角度去解读。

　　第一个，袭人是否虚伪？

　　我读了书里关于袭人的描写，知道她在生活上对宝玉的照顾，已超越了无微不至，达到了天衣无缝、滴水不漏的程度，是换成任何一个别的想尽忠的人都难以达标的，她已经成了宝玉除精神生活以外的全部俗世生活里的依靠，她就是这样一个人物。所以，我觉得曹雪芹不是在写她虚伪，恰恰是在写她的真诚——她真诚地觉得自己跟宝玉的性关系是合情合理的，真诚地认为宝玉也该由家长严格地管一管，真诚地觉得应该常常向王夫人汇报并有一说一有二说二，她真诚地认为她所做的一切，都是为了宝玉好。只是有时候，那份真诚甚至比虚伪还要可怕。

　　第二个，袭人是否算个告密者？

　　其实回答第一个问题的时候就等于把这个问题回答了，她很真诚，她觉得那是汇报，不是告密，她只是报告事实，没有陷害谁的意思，既没造谣，也没夸大渲染，而且仅供王夫人参考，她心安理得。她也确实没有想到，后来会出现那样的事态，撵晴雯、逐四儿、芳官，宝玉受大刺激，等等。但那归她负责吗？后来宝玉在百般无奈的情况下，就把思路转向了宿命，转向了天人感应，引经据典，说怪不得院子里的海棠树死了半边，原来是晴雯不幸的预兆啊！一贯温柔和顺、似桂如兰的袭人一下子火了，她说："真真的这话越发说上我的气来了。那晴雯是个什么东西，就费这样心思，比出这些正紧人来。还有一说，他总好，也灭不过我的次序去，便是这海棠，也该先来比我，也还轮不到他。想是我要死了！"袭人理直气壮，她没有告密人的自我意识，当然也就没有相关的愧疚与忏悔。

第三个，袭人既然发过誓不会离开宝玉，那后来怎么嫁了蒋玉菡呢？

袭人嫁蒋玉菡，是八十回后的情节，高鹗写的，只是他的一种思路，我的探佚心得跟他不同。我的思路是这样的：八十回后，很快会写到皇帝追究荣国府为江南甄家藏匿罪产的事，贾府第一次被查抄，贾母在忧患惊吓中死去，荣国府被迫遣散大部分丫头仆人，负责查抄荣国府的就是忠顺王。袭人被忠顺王点名索要，就不得不去，当然，这有点刀搁在脖子上的味道了，但袭人人性中那软弱苟且的一面占了上风，她就没有以死抗拒，而是含泪而去了。根据脂砚斋一条批语，那时候宝钗已经嫁给宝玉，那一波抄家后还允许他们留下一个丫头——袭人临走时候就说，好歹留着麝月。麝月在照顾宝玉生活方面是一个颇有袭人精细谨慎作风的丫头，书里多次那样描写，而且麝月一贯低调，与各方面都无矛盾，不引人注意，因此被点名索要走的可能性不大。袭人就让宝玉、宝钗尽可能留下麝月，这样她走了也放心一点，心里头好过一点。袭人是在荣国府遭受突然打击的情况下，被迫离去的，她能怎么办？以死对抗？那样会把事情弄糟，会连累到宝玉和整个荣国府。因此，你可以说她软弱，却不好说她是自私、虚伪与忘恩负义。被索要到忠顺王府后，忠顺王和他的儿子都想占有袭人，便暂且安排她在忠顺府老太太跟前服侍，那时忠顺王早从东郊紫檀堡逮回了蒋玉菡，留在身边当玩物，后来忠顺王为了拴住蒋玉菡，让他死心塌地为自己效劳，就把袭人赏给了蒋玉菡。

根据脂砚斋批语还可以知道，袭人嫁给蒋玉菡以后，还曾为陷于困境的宝玉、宝钗夫妇提供物质资助，也就是供养他们夫妇。即使袭人后来能长久地跟蒋玉菡在一起，但在那个时代，戏子常是低人一等的，一个戏子的老婆，一般是得不到世人尊重的。袭人的人生理想，是陪伴宝玉一辈子，这个理想当然是破灭了，她也只能是在回忆里，通过咀嚼往日的甜蜜，来度过以后的岁月。

桃花是袭人的象征，她的花语是：真个温柔和顺，实有难言之隐。桃花有情，狂飙难禁，随波逐流，身不由己！

麝月

篇

　　除以上这些，本书还要讲一钗，因为在第六十三回里写到她抽花签。估计此人是收在《金陵十二钗又副册》中，她就是麝月，麝月在贾宝玉的丫头里排在袭人、晴雯之后。

象征麝月的花：荼蘼花

　　第六十三回，写"该麝月掣，麝月便掣了一根出来。大家看时，这面上是一枝荼蘼花，题着'韶华胜极'四字。那边写着一句旧诗，道是：开到荼蘼花事了。注云：在席者各饮三杯，送春。麝月问怎么讲，宝玉愁眉，忙将签藏了，说：'咱们且喝酒'。说着，大家吃了三口，以充三杯之数。""韶华胜极"的意思就是青春到了顶点，那么之后会怎么样呢？

茶蘼花

茶蘼

学名 *Rubus rosifolius var. coronaries*，又名酴醾、重瓣空心泡、佛见笑，蔷薇科悬钩子属空心泡的变种，直立或攀援灌木。花重瓣，芳香，白色，花顶生或腋生。花期6~7月。果实卵球形，红色。在春夏花季中，茶蘼花期较晚，一般茶蘼过后很少有花开，所以人们常常认为茶蘼花开是春夏花季的终结。

宝玉是一个最希望青春常驻、永不消逝的人，所以他对这个花签"愁眉"，忙将签藏了，似乎那样青春就不会消逝了。

所引诗句出自宋朝王淇的《春暮游小园》："一丛梅粉褪残妆，涂抹新红上海棠。开到茶蘼花事了，丝丝天棘出莓墙。"茶蘼花开时，春天里其他那些五色斑斓、美艳不可方物的各类花儿，都在悄悄地把喧嚣让给即将到来的如火夏天。茶蘼花是春天最后的花，所以说"开到茶蘼花事了"。宋朝苏轼有诗云："茶蘼不争春，寂寞开最晚。"也是这个意思。

但"花事了"三个字一语双关，还有另一层意思。

《红楼梦》第二十回写袭人病了，宝玉房里的丫头们全出去玩耍了，麝月却自觉地留在屋里照看，让宝玉觉得她"公然又是一个袭人"。后来宝玉给她篦头，被晴雯撞见，遭到讥讽。这里有一条脂砚斋批语："闲上一段女儿口舌，却写麝月一人，在袭人出嫁之后，宝玉宝钗身边还有一人，虽不及袭人周到，亦可免微嫌小弊等患，方不负宝钗之为人也，故袭人出嫁后云'好歹留着麝月'一语，宝玉便依从此话，可见袭人虽去，实未去也。"这条批语很珍贵，透露了八十回后的情节。袭人姓花，又在出嫁时候嘱咐宝玉留着麝月，宝玉也依了她，不是"花事了"么？只是最后，宝玉做了和尚，不但丢掉了宝钗，也丢掉了麝月。

另一条关于麝月的批语在红学界也颇受关注。这条批语署名为畸笏，落笔时间为丁亥夏。畸笏，应该是畸笏叟的减笔，这个人和脂砚斋究竟是一个人还是两个人，红学界一直有争论。有的认为是一个人，前后用不同的署名写批语，有的则认为是两个人，这个话题讨论起来很麻烦，这里不枝蔓。这个丁亥年，据专家考证，应该是乾隆三十二年，也就是1767年。曹雪芹去世，是在1763年或1764年，这位畸笏写批语的时候，曹雪芹肯定已经不在了。那这条批语的内容是什么呢？写的是："麝月闲闲无语，令余酸鼻，正所谓对景伤情。"但是看看书里的具体描写就知道，麝月说了不少话，并不是"闲闲无语"，那么这条批语是什么意思？它给人这样的感觉——书外的麝月，跟批书的人待在一起，批书的人批到这个地方的时候，把书里写的念给她听，而她静静地坐在旁边，什么也没做，什么也没说，可能只是在回忆，在沉思，于是批书的人鼻子就酸了，"对景伤情"，就是把书里的描写，和眼前的景况加以对比、联想，就很伤感，情绪难以控制。那么，这条重要的批语至少传递了两个信息：第一，麝月实有其人，书里关于她的描写，是有场景原型、细节原型的，基本上都是实际发生过的；第二，在真实生活中，这个麝月，她最后经过一番离乱，到头来跟写书人、批书人又遇上了，就在一起生活。当然，也许真实生活中，这个女性并不叫麝月，但麝月写的就是她，性格很一致。书里的麝月基本上是安静的，喜怒不形于色的，那么，书外的她，经历了大的劫波以后，虽然又遇到了写书的和批书的，但写书的已经死了，她和批书的相依为命，前途茫茫，她欲哭无泪，闲闲无一语。

象征麝月的花是荼蘼花，她的花语是：不知己是荼蘼花，自开自谢几度春；昔日繁华恍如烟，今日回首何堪言！

后 记

　　本书探讨《红楼梦》一书中与金陵十二钗相关的花木，虽然书里第五回明确写出有三组金陵十二钗，"正册"的十二钗写全了，"副册"只显露一钗，"又副册"只点出两钗，"副册""又副册"中其余各钗是谁？她们又是如何排序的？曹雪芹没有全写。这当然是他的一种艺术技巧，艺术形象即使有生活原型，到了小说里，也只能由作者来驱使，曹雪芹就故意这么写，留给我们一个巨大的悬念。

　　脂砚斋在一条批语中透露，其实金陵十二钗的册子还有"三副""四副"，红学大家周汝昌先生更考证出其实应该是九个册子共一百零八钗，但本书对这些都不再探讨，感兴趣的读者可以从更加广泛的资料中继续探索。